بوف کور

صادق هدایت

بر اساس نسخه بمبئی – ۱۳۱۵

سریال کتاب: P2445240236

عنوان: بوف کور

زیرنویس عنوان: بر اساس نسخه بمبئی – ۱۳۱۵

پدیدآورنده: صادق هدایت

ویراستار: دکتر سید علی هاشمی

صفحه آرایی: مهری اسکویی

شابک: ISBN: 978-1-77892-177-3

موضوع: داستانی

مشخصات کتاب: سایز رقعی، کتاب جلد مقوایی

تعداد صفحات: ۱۲۰

تاریخ نشر در کانادا: جولای ۲۰۲۴

انتشارات در کانادا: انتشارات بین المللی کیدزوکادو

Kidsocado Publishing House

خانه انتشارات کیدزوکادو

ونکوور، کانادا

تلفن: +1 (833) 633 8654

واتس آپ: +1 (236) 333 7248

ایمیل: INFO@KIDSOCADO.COM

وبسایت انتشارات: HTTPS://KIDSOCADO.COM

رفت، من بلند شدم، خواستم دنبالش بدوم و آن کوزه،
آن دستمال بسته را از او بگیرم - ولی پیرمرد با چالاکی
مخصوصی دور شده بود - من برگشتم پنجره رو بکوچه اطاقم
را باز کردم - هیکل خمیده پیرمرد را در کوچه دیدم که شانه هایش
از شدت خنده میلرزید و آن دستمال بسته را زیر بغلش
گرفته بود افتان و خیزان میرفت تا اینکه بکلی پشت
مه ناپدید شد - من برگشتم بخودم نگاه کردم دیدم لباسم
پاره، سرتاپایم آلوده بخون دلمه شده بود، دو مگس
زنبور طلائی دورم پرواز میکردند و کرمهای سفید کوچک
روی تنم درهم میلولیدند - و، وزن مرده‌ای روی
سینه‌ام را فشار میداد.

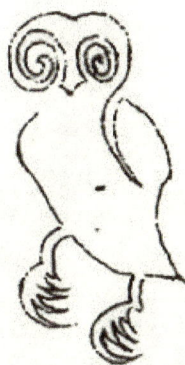

آغاز سخن

صادق هدایت، نویسنده، مترجم و روشنفکر مطرح ایرانی در سال ۱۲۸۱ خورشیدی در شهر تهران به دنیا آمد. او از خانواده‌ای سرشناس و اهل فرهنگ و ادب بود و همین موضوع باعث شد که تحصیلات خود را در مدارس «دارالفنون» و «سن لویی» پیگیری کند. تحصیل در چنین مدارسی و سپس، همنشینی با بزرگ‌ترین نویسندگان و ادیبان ایرانی باعث شد که صادق هدایت، کم‌کم به جرگهٔ نویسندگان درآید و در ایّام اقامت در ایران، هندوستان و فرانسه، بی‌وقفه به فکر نوشتن و ترجمهٔ آثار ادبی باشد. این چنین، آثار ادبی گوناگونی توسط او به رشتهٔ تحریر درآمد و به گنجینهٔ زبان و ادبیات فارسی اضافه شد.

کتاب «بوف کور» مهم‌ترین و معروف‌ترین اثر صادق هدایت است. این رمان، از نخستین نثرهای داستانی ایران در قرن بیستم است که به سبک سوررئال (فراواقع) نوشته شده است. کتاب بوف کور، نخستین بار در سال ۱۳۱۵ خورشیدی (۱۹۳۷ میلادی) در بمبئی چاپ شد. صادق هدایت،

نسخهٔ دست‌نویس این کتاب را در حدود پنجاه نسخه، به صورت پلی‌کپی چاپ کرد؛ اما تا پیش از سال ۱۳۲۰، این کتاب در ایران منتشر نشد.

اثر حاضر، با هدف گسترش ارتباط ایرانیان و فارسی‌زبانان سراسر دنیا با آثار صادق هدایت آماده شده است. در این اثر، داستان بوف کور، به شکلی ویراسته و درست فراهم شده و به حضور شما خواننده گرامی تقدیم می‌شود. چاپ‌های متعددی از کتاب بوف کور توسط علاقه‌مندان زبان و ادبیات فارسی منتشر و روانه بازار شده است که هر یک در جایگاه خود، حائز اهمیت و قدر و ارزش هستند؛ اما از آنجا که بنای ما در این کتاب بر ارائهٔ یک اثر کم‌غلط و خواندنی برای عموم مردم بوده است، دست از نکته‌سنجی‌های موشکافانه کشیدیم و آن را به فرصتی دیگر وانهادیم؛ ازاین‌رو کتاب حاضر را با ویرایش مناسب و بر مبنای نسخه دست‌نویس چاپ شده در بمبئی از کتاب بوف کور فراهم کردیم. امیدواریم که این تلاش، بتواند جلوه‌گر فرهنگ عظیم ایران باشد.

شاد و سرخوش و خوش‌دل باشید.

در زندگی زخم‌هایی هست که مثل خوره روح را آهسته در انزوا می‌خورد و می‌تراشد. این دردها را نمی‌شود به کسی اظهار کرد، چون عموماً عادت دارند که این دردهای باورنکردنی را جزو اتفاقات و پیش‌آمدهای نادر و عجیب بشمارند و اگر کسی بگوید یا بنویسد، مردم بر سَبیل عقاید جاری و اعتقادات خودشان سعی می‌کنند آن را با لبخند شکّاک و تمسخرآمیز تلقّی بکنند؛ زیرا بشر هنوز چاره و دوایی برایش پیدا نکرده و تنها داروی آن فراموشی به توسط شراب و خواب مصنوعی به وسیلهٔ افیون و مواد مخدّره است؛ ولی افسوس که تأثیر این‌گونه داروها موقّت است و به‌جای تسکین، پس از مدتی بر شدّت درد می‌افزاید.

آیا روزی به اسرار این اتفاقات ماورای طبیعی، این انعکاس سایهٔ روح که در حالت اغما و برزخ بین خواب و بیداری جلوه می‌کند، کسی پی خواهد برد؟

من فقط به شرح یکی از این پیش‌آمدها می‌پردازم که برای خودم اتفاق افتاده و به قدری مرا تکان داده که هرگز فراموش نخواهم کرد و نشان مشئوم

آن تا زنده‌ام، از روز ازل تا ابد، تا آنجایی که خارج از فهم و ادراک بشر است، زندگی مرا زهرآلود خواهد کرد. زهرآلود نوشتم، ولی می‌خواستم بگویم داغ آن را همیشه با خودم داشته و خواهم داشت.

من سعی خواهم کرد آن‌چه را که یادم است؛ آن‌چه را که از ارتباط وقایع در نظرم مانده بنویسم، شاید بتوانم راجع به آن، یک قضاوت کلی بکنم- نه، فقط اطمینان حاصل بکنم و یا اصلاً خودم بتوانم باور بکنم- چون برای من هیچ اهمّیّتی ندارد که دیگران باور بکنند یا نکنند؛ فقط می‌ترسم که فردا بمیرم و هنوز خودم را نشناخته باشم؛ زیرا در طی تجربیّات زندگی به این مطلب برخوردم که چه ورطهٔ هولناکی میان من و دیگران وجود دارد و فهمیدم که تا ممکن است باید خاموش شد؛ تا ممکن است باید افکار خودم را برای خودم نگه دارم و اگر حالا تصمیم گرفتم که بنویسم، فقط برای این است که خودم را به سایه‌ام معرفی بکنم؛ سایه‌ای که روی دیوار خمیده و مثل این است که هرچه می‌نویسم، با اشتهای هرچه تمام‌تر می‌بلعد. برای اوست که می‌خواهم آزمایشی بکنم، ببینم شاید بتوانیم یکدیگر را بهتر بشناسیم؛ چون از زمانی که همهٔ روابط خودم را با دیگران بریده‌ام، می‌خواهم خودم را بهتر بشناسم.

افکار پوچ! باشد، ولی از هر حقیقتی بیشتر مرا شکنجه می‌کند.

آیا این مردمی که شبیه من هستند که ظاهراً احتیاجات و هوا و هوس مرا دارند، برای گول زدن من نیستند؟ آیا یک مُشت سایه نیستند که فقط برای

مسخره کردن و گول زدن من به وجود آمده‌اند؟ آیا آنچه که حس می‌کنم، می‌بینم و می‌سنجم، سرتاسر موهوم نیست که با حقیقت خیلی فرق دارد؟

من فقط برای سایهٔ خودم می‌نویسم که جلوِ چراغ به دیوار افتاده است. باید خودم را بِهِش معرفی بکنم.

در این دنیای پست پر از فقر و مسکنت، برای نخستین‌بار گمان کردم که در زندگی من یک شعاع آفتاب درخشید؛ امّا افسوس این شعاع آفتاب نبود، بلکه فقط یک پرتو گذرنده، یک ستارهٔ پرنده بود که به صورت یک زن یا فرشته به من تجلّی کرد و در روشنایی آن یک لحظه، فقط یک ثانیه، همهٔ بدبختی‌های زندگی خودم را دیدم و به عظمت و شکوه آن پی بردم و بعد این پرتو در گرداب تاریکی که باید ناپدید بشود، دوباره ناپدید شد. نه، نتوانستم این پرتو گذرنده را برای خودم نگه دارم.

سه ماه، نَه، دو ماه و چهار روز بود که پِیِ او را گم کرده بودم، ولی یادگار چشم‌های جادویی یا شرارهٔ کشندهٔ چشم‌هایش در زندگی من همیشه ماند. چطور می‌توانم او را فراموش بکنم که آن‌قدر وابسته به زندگی من است؟

نه، اسم او را هرگز نخواهم برد؛ چون دیگر او با آن اندام اثیری، باریک و مه‌آلود، با آن دو چشم درشت متعجّب و درخشان که پشت آن، زندگی من آهسته و دردناک می‌سوخت و می‌گداخت، او دیگر متعلّق به این دنیای پست درنده نیست. نه، اسم او را نباید آلوده به چیزهای زمینی بکنم.

بعد از او من دیگر خودم را از جرگهٔ آدم‌ها، از جرگهٔ احمق‌ها و خوشبخت‌ها به کلی بیرون کشیدم و برای فراموشی به شراب و تریاک پناه بردم. زندگی من تمام روز میان چهار دیوار اطاقم می‌گذشت و می‌گذرد؛ سرتاسر زندگی‌ام میان چهار دیوار گذشته است.

تمام روز مشغولیات من نقاشی روی جلد قلمدان بود؛ همهٔ وقتم، وقف نقاشی روی جلد قلمدان و استعمال مشروب و تریاک می‌شد و شغل مضحک نقاشی روی قلمدان را اختیار کرده بودم، برای اینکه خودم را گیج بکنم، برای اینکه وقت را بکشم.

از حُسن اتفاق، خانه‌ام بیرون شهر، در یک محل ساکت و آرام دور از آشوب و جنجال زندگی مردم واقع شده، اطراف آن کاملاً مجزا و دورش خرابه است. فقط از آن طرف خندق، خانه‌های گلی توسری‌خورده پیدا است و شهر شروع می‌شود. نمی‌دانم این خانه را کدام مجنون یا کج‌سلیقه در عهد دقیانوس ساخته. چشمم را که می‌بندم، نه فقط همهٔ سوراخ‌سنبه‌هایش پیش چشمم مجسّم می‌شود، بلکه فشار آن‌ها را روی دوش خودم حس می‌کنم. خانه‌ای که فقط روی قلمدان‌های قدیم ممکن است نقاشی کرده باشند.

باید همهٔ این‌ها را بنویسم تا ببینم که به خودم مشتبه نشده باشد. باید همهٔ این‌ها را به سایهٔ خودم که روی دیوار افتاده، توضیح بدهم. آری، پیش‌تر، برایم فقط یک دلخوشی یا دلخوشکُنَک مانده بود. میان چهار دیوار اطاقم روی قلمدان نقاشی می‌کردم و با این سرگرمی مضحک، وقت

را می‌گذرانیدم؛ اما بعد از آنکه آن دو چشم را دیدم، بعد از آنکه او را دیدم، اصلاً معنی، مفهوم و ارزش هر جنبش و حرکتی از نظرم افتاد؛ ولی چیزی که غریب، چیزی که باورنکردنی است، نمی‌دانم چرا موضوع مجلس همهٔ نقاشی‌های من از ابتدا یک‌جور و یک‌شکل بوده است: همیشه یک درخت سرو می‌کشیدم که زیرش پیرمردی قوز کرده، شبیه جوکیان هندوستان عبا به خودش پیچیده، چُنباتمه نشسته و دور سرش چالمه بسته بود و انگشت سبّابهٔ دست چپش را به حالت تعجب به لبش گذاشته بود. روبه‌روی او دختری با لباس سیاه بلند، خم شده به او گل نیلوفر تعارف می‌کرد؛ چون میان آن‌ها یک جوی آب فاصله داشت.

آیا این مجلس را من سابقاً دیده بوده‌ام؟ یا در خواب به من الهام شده بود؟ نمی‌دانم. فقط می‌دانم که هرچه نقاشی می‌کردم، همه‌اش همین مجلس و همین موضوع بود. دستم بدون اراده، این تصویر را می‌کشید و غریب‌تر آنکه برای این نقش، مشتری پیدا می‌شد و حتی به توسط عمویم از این جلد قلمدان‌ها به هندوستان می‌فرستادم که می‌فروخت و پولش را برایم می‌فرستاد.

این مجلس درعین‌حال به نظرم دور و نزدیک می‌آید. درست یادم نیست. حالا قضیه‌ای به خاطرم آمد. گفتم؛ باید یادبودهای خودم را بنویسم؛ ولی این پیشامد، خیلی بعد اتفاق افتاد و ربطی به موضوع ندارد و در اثر همین اتفاق از نقاشی به کلی دست کشیدم.

دو ماه پیش، نَه، درست دو ماه و چهار روز می‌گذرد. سیزده نوروز بود. همهٔ مردم به بیرون شهر هجوم آورده بودند. من پنجرهٔ اطاقم را بسته بودم، برای اینکه سَرِ فارغ نقاشی بکنم. نزدیک غروب، گرم نقاشی بودم؛ یک مرتبه در باز شد و عمویم وارد شد؛ یعنی خودش گفت که عموی من است. من هرگز او را ندیده بودم، چون از ابتدای جوانی به مسافرت دوردستی رفته بود. گویا ناخدای کشتی بود، تصور کردم شاید کار تجارتی با من دارد، چون شنیده بودم که تجارت هم می‌کند.

به‌هرحال، عمویم پیرمردی بود قوز کرده که چالمهٔ هندی دور سرش بسته بود، عبای زرد پاره‌ای روی دوشش بود و سر و رویش را با شال‌گردن پیچیده بود، یخه‌اش باز و سینهٔ پشم‌آلودش دیده می‌شد. ریش کوسه‌اش را که از زیر شال‌گردن بیرون آمده بود، می‌شد دانه دانه شمرد؛ پلک‌های ناسور سرخ و لب شکری داشت. یک شباهت دور و مضحک با من داشت، مثل اینکه عکس من روی آینهٔ دق افتاده باشد. من همیشه شکل پدرم را پیش خودم همین جور تصور می‌کردم. به محض ورود، رفت کنار اطاق چُنباتمه زد.

من به فکرم رسید که برای پذیرایی او چیزی تهیه بکنم؛ چراغ را روشن کردم، رفتم در پستوی تاریک اطاقم، هر گوشه را وارسی می‌کردم تا شاید بتوانم چیزی باب دندان او پیدا کنم، اگرچه می‌دانستم که در خانه چیزی به هم نمی‌رسد؛ چون نه تریاک برایم مانده بود و نه مشروب. ناگهان نگاهم به بالای رف افتاد. گویا به من الهام شد. دیدم یک بغلی شراب کهنه که به من ارث رسیده بود. گویا به مناسبت تولد من این شراب را انداخته بودند. بالای رف

بود. هیچ‌وقت من به این صرافت نیفتاده بودم؛ اصلاً به کلی یادم رفته بود که چنین چیزی در خانه هست. برای اینکه دستم به رف برسد، چهارپایه‌ای را که آن‌جا بود زیر پایم گذاشتم، ولی همین که آمدم بغلی را بردارم، ناگهان از سوراخِ هواخورِ رف، چشمم به بیرون افتاد. دیدم در صحرای پشت اطاقم، پیرمردی قوز کرده، زیر درخت سروی نشسته بود و یک دختر جوان، نه، یک فرشتهٔ آسمانی جلو او ایستاده، خم شده بود و با دست راست، گل نیلوفر کبودی به او تعارف می‌کرد؛ درحالی‌که پیرمرد ناخن انگشت سبّابهٔ دست چپش را می‌جوید.

دختر درست در مقابل من واقع شده بود، ولی به نظر می‌آمد که هیچ متوجه اطراف خودش نمی‌شد. نگاه می‌کرد، بی‌آنکه نگاه کرده باشد؛ لبخند مدهوشانه و بی‌اراده‌ای کنار لبش خشک شده بود، مثل اینکه به فکر شخص غایبی بوده باشد.

از آن‌جا بود که چشم‌های مهیبِ افسونگر، چشم‌هایی که مثل این بود که به انسان سرزنش تلخی می‌زند، چشم‌های مضطرب، متعجب، تهدیدکننده و وعده‌دهندهٔ او را دیدم و پرتو زندگی من روی این گوی‌های براق پرمعنی، ممزوج و در ته آن جذب شد. این آینهٔ جذاب، همهٔ هستی مرا تا آن‌جایی که فکر بشر عاجز است، به خودش کشید. چشم‌های مورّب ترکمنی که یک فروغ ماوراء طبیعی و مست‌کننده داشت، در عین حال می‌ترسانید و جذب می‌کرد؛ مثل اینکه با چشم‌هایش مناظر ترسناک و ماوراء طبیعی دیده بود که هرکسی نمی‌توانست ببیند. گونه‌های برجسته، پیشانی بلند،

ابروهای باریک به هم پیوسته، لب‌های گوشتالوی نیمه باز، لب‌هایی که مثل این بود تازه از یک بوسهٔ گرم طولانی جدا شده، ولی هنوز سیر نشده بود. موهای ژولیدهٔ سیاه و نامرتّب، دور صورت مهتابی او را گرفته بود و یک رشته از آن روی شقیقه‌اش چسبیده بود. لطافت اعضا و بی‌اعتنایی اثیری حرکاتش از سستی و موقّتی بودن او حکایت می‌کرد. فقط یک دختر رقّاص بتکدهٔ هند ممکن بود حرکات موزون او را داشته باشد.

حالت افسرده و شادی غم‌انگیزش، همهٔ این‌ها، نشان می‌داد که او مانند مردمان معمولی نیست؛ اصلاً خوشگلی او معمولی نبود، او مثل یک منظرهٔ رویای افیونی به من جلوه کرد. او همان حرارت عشقی مهرگیاه را در من تولید کرد. اندام نازک و کشیده با خط متناسبی که از شانه، بازو، پستان‌ها، سینه، کپل و ساق پاهایش پایین می‌رفت، مثل این بود که تن او را از آغوش جفتش بیرون کشیده باشند؛ مثل مادهٔ مهرگیاه بود که از بغل جفتش جدا کرده باشند.

لباس سیاه چین‌خورده‌ای پوشیده بود که قالب و چسب تنش بود. وقتی که من نگاه کردم، گویا می‌خواست از روی جویی که بین او و پیرمرد فاصله داشت، بپرد، ولی نتوانست. آن وقت، پیرمرد زد زیر خنده. خندهٔ خشک زننده‌ای بود که مو را به تن آدم راست می‌کرد؛ یک خندهٔ سخت دورگه و مسخره‌آمیز کرد، بی‌آنکه صورتش تغییری بکند. مثل انعکاس خنده‌ای بود که از میان تهی بیرون آمده باشد.

من درحالی‌که بغلی شراب دستم بود، هراسان از روی چهارپایه پایین جستم. نمی‌دانم چرا می‌لرزیدم؛ یک نوع لرزهٔ پر از وحشت و کیف بود، مثل اینکه از خواب گوارا و ترسناکی پریده باشم. بغلی شراب را زمین گذاشتم و سرم را میان دو دستم گرفتم. آیا چند دقیقه، چند ساعت طول کشید؟ نمی‌دانم. همین که به خودم آمدم، بغلی شراب را برداشتم. وارد اطاق شدم. دیدم عمویم رفته و لای در اطاق را مثل دهنِ مُرده باز گذاشته بود، اما زنگ خندهٔ خشک پیرمرد هنوز توی گوشم صدا می‌کرد.

هوا تاریک می‌شد؛ چراغ دود می‌زد؛ ولی لرزهٔ مُکَیِف و ترسناکی که خودم حس کرده بودم، هنوز اثرش باقی بود. زندگی من از این لحظه تغییر کرد. به یک نگاه کافی بود، برای اینکه آن فرشتهٔ آسمانی، آن دختر اثیری، تا آنجایی که فهم بشر عاجز از ادراک آن است، تأثیر خودش را در من گذارد.

در این وقت از خود بی‌خود شده بودم؛ مثل اینکه من اسم او را قبلاً می‌دانسته‌ام. شرارهٔ چشم‌هایش، رنگش، بویش، حرکاتش همه به نظر من آشنا می‌آمد، مثل اینکه روان من در زندگی پیشین، در عالم برزخ با روان او همجوار بوده، از یک اصل و یک مادّه بوده و بایستی که به هم ملحق شده باشیم. می‌بایستی در این زندگی، نزدیک او بوده باشم. هرگز نمی‌خواستم او را لمس بکنم، فقط اشعهٔ نامرئی که از تن ما خارج و به هم آمیخته می‌شد، کافی بود. این پیشامد وحشت‌انگیز که به اوّلین نگاه به نظر من آشنا آمد، آیا همیشه دو نفر عاشق همین احساس را نمی‌کنند که سابقاً یکدیگر را دیده بودند که رابطهٔ مرموزی میان آن‌ها وجود داشته است؟ در این دنیای پست،

یا عشق او را می‌خواستم و یا عشق هیچ‌کس را. آیا ممکن بود کس دیگری در من تأثیر بکند؟ ولی خندهٔ خشک و زنندهٔ پیرمرد. این خندهٔ مشئوم- رابطهٔ میان ما را از هم پاره کرد.

تمام شب را به این فکر بودم. چندین بار خواستم بروم از روزنهٔ دیوار نگاه بکنم، ولی از صدای خندهٔ پیرمرد می‌ترسیدم. روز بعد را به همین فکر بودم. آیا می‌توانستم از دیدارش به کلی چشم بپوشم؟ فردای آن روز بالاخره با هزار ترس و لرز، تصمیم گرفتم که بغلی شراب را دوباره سر جایش بگذارم؛ ولی همین که پردهٔ جلو پستو را پس زدم و نگاه کردم، دیوار سیاه تاریک. مانند تاریکی که سرتاسر زندگی مرا فراگرفته. جلو من بود. اصلاً هیچ منفذ و روزنه‌ای به خارج دیده نمی‌شد. روزنهٔ چهارگوشهٔ دیوار به کلی مسدود و از جنس آن شده بود، مثل اینکه از ابتدا وجود نداشته است. چهارپایه را پیش کشیدم، ولی هرچه دیوانه‌وار روی بدنهٔ دیوار مشت می‌زدم و گوش می‌دادم یا جلو چراغ نگاه می‌کردم، کمترین نشانه‌ای از روزنهٔ دیوار دیده نمی‌شد و به دیوار کلفت قطور، ضربه‌های من کارگر نبود؛ یکپارچه سرب شده بود.

آیا می‌توانستم به کلی صرف‌نظر بکنم؟ اما دست خودم نبود. از این به بعد مانند روحی که در شکنجه باشد، هرچه انتظار کشیدم؛ هرچه کشیک کشیدم؛ هرچه جستجو کردم؛ فایده‌ای نداشت. تمام اطراف خانه‌مان را زیر پا کردم؛ نه یک روز، نه دو روز، بلکه دو ماه و چهار روز مانند اشخاص خونی که به محل جنایت خودشان برمی‌گردند، هر روز طرف غروب مثل مرغ سرکنده دور خانه‌مان می‌گشتم؛ به‌طوری که همهٔ سنگ‌ها و همهٔ ریگ‌های

اطراف آن را می‌شناختم؛ ولی هیچ اثری از درخت سرو، از جوی آب و از کسانی که آنجا دیده بودم، پیدا نکردم.

آن‌قدر شب‌ها جلو مهتاب، زانو به زمین زدم؛ از درخت‌ها، از سنگ‌ها، از ماه ـ که شاید او به ماه نگاه کرده باشد. استغاثه و تضرّع کرده‌ام و همهٔ موجودات را به کمک طلبیده‌ام، ولی کمترین اثری از او ندیدم. اصلاً فهمیدم که همهٔ این کارها بیهوده است؛ زیرا او نمی‌توانست با چیزهایی این دنیا، رابطه و وابستگی داشته باشد؛ مثلاً آبی که او گیسوانش را با آن شستشو می‌داده، بایستی از یک چشمهٔ منحصر به فردِ ناشناس و یا غار سحرآمیزی بوده باشد. لباس او از تار و پود پشم و پنبهٔ معمولی نبوده و دست‌های مادی، دست‌های آدمی آن را ندوخته بود. او یک وجود برگزیده بود. فهمیدم که آن گل‌های نیلوفر، گل معمولی نبوده. مطمئن شدم، اگر آب معمولی به رویش می‌زد، صورتش می‌پلاسید و اگر با انگشتان بلند ظریفش، گل نیلوفر معمولی را می‌چید، انگشتش مثل ورقِ گل پژمرده می‌شد.

همهٔ این‌ها را فهمیدم. این دختر، نه، این فرشته برای من سرچشمهٔ تعجب و الهام ناگفتنی بود. وجودش لطیف و دست‌نزدنی بود. او بود که حس پرستش را در من تولید کرد. من مطمئنم که نگاه یک نفر بیگانه، یک نفر آدم معمولی، او را کنفت و پژمرده می‌کرد.

از وقتی که او را گم کردم؛ از زمانی که یک دیوار سنگین، یک سد نمناک بدون روزنه به سنگینی سرب، جلو من و او کشیده شد؛ حس کردم که زندگی‌ام برای همیشه بیهوده و گم شده است. اگرچه نوازش نگاه و کیف

عمیقی که از دیدنش برده بودم یک‌طرفه بود و جوابی برایم نداشت؛ زیرا او مرا ندیده بود؛ ولی من احتیاج به این چشم‌ها داشتم و فقط یک نگاه او کافی بود که همهٔ مشکلات فلسفی و معماهای الهی را برایم حل بکند. به یک نگاه او دیگر رمز و اسراری برایم وجود نداشت.

از این به بعد به مقدار مشروب و تریاک خودم افزودم؛ اما افسوس به جای اینکه این داروهای ناامیدی، فکر مرا فلج و کرخت بکند؛ به جای اینکه فراموش بکنم؛ روز به روز، ساعت به ساعت، دقیقه به دقیقه، فکر او، اندام او، صورت او، خیلی سخت‌تر از پیش، جلوم مجسّم می‌شد.

آیا چگونه می‌توانستم فراموش بکنم؟ چشم‌هایم که باز بود و یا روی هم می‌گذاشتم، در خواب و در بیداری او جلو من بود. از میان روزنهٔ پستوی اطاقم، مثل شبی که فکر و منطق مردم را فراگرفته، از میان سوراخ چهارگوشه که به بیرون باز می‌شد، دائم جلو چشمم بود.

آسایش به من حرام شده بود. آیا چطور می‌توانستم آسایش داشته باشم؟ هر روز تنگ غروب عادت کرده بودم که به گردش بروم. نمی‌دانم چرا می‌خواستم و اصرار داشتم که جوی آب، درخت سرو و بتهٔ گل نیلوفر را پیدا بکنم. همان‌طوری که به تریاک عادت کرده بودم؛ همان‌طور به این گردش عادت داشتم. مثل اینکه نیرویی مرا به این کار وادار می‌کرد. در تمام راه همه‌اش به فکر او بودم؛ به یاد اوّلین دیداری که از او کرده بودم و می‌خواستم محلّی که روز سیزده‌به‌در او را در آنجا دیده بودم، پیدا بکنم. اگر آنجا را پیدا می‌کردم؛ اگر می‌توانستم زیر آن درخت سرو بنشینم؛ حتماً در زندگی من آرامشی

تولید می‌شد؛ ولی افسوس. به جز خاشاک و شن داغ و استخوان دندهٔ اسب و سگی که روی خاکروبه‌ها بو می‌کشید؛ چیز دیگری نبود.

آیا من حقیقتاً با او ملاقات کرده بودم؟ هرگز. فقط او را دزدکی و پنهانی از یک سوراخ، از یک روزنهٔ بدبخت پستوی اطاقم دیدم. مثل سگ گرسنه‌ای که روی خاکروبه‌ها بو می‌کشد و جستجو می‌کند؛ اما همین که از دور زنبیل می‌آورند؛ از ترس می‌رود پنهان می‌شود؛ بعد برمی‌گردد که تکّه‌های لذیذ خودش را در خاکروبهٔ تازه جستجو بکند. من هم همان حال را داشتم؛ ولی این روزنه مسدود شده بود. برای من او یک دسته گلِ تر و تازه بود که روی خاکروبه انداخته باشند.

شب آخری که مثل هر شب به گردش رفتم، هوا گرفته و بارانی بود و مه غلیظی در اطراف پیچیده بود. در هوای بارانی که از زنندگی رنگ‌ها و بی‌حیایی خطوط اشیا می‌کاهد؛ من یک نوع آزادی و راحتی حس می‌کردم و مثل این بود که باران، افکار تاریک مرا می‌شست. در این شب آنچه که نباید بشود شد. من بی‌اراده پَرسه می‌زدم؛ ولی در این ساعت‌های تنهایی، در این دقیقه‌ها که درست مدت آن یادم نیست؛ خیلی سخت‌تر از همیشه، صورت هُول و محو او مثل اینکه از پشت ابر و دود ظاهر شده باشد، صورت بی‌حرکت و بی‌حالتش مثل نقاشی‌های روی جلد قلمدان جلو چشمم مجسّم بود.

وقتی که برگشتم، گمان می‌کنم خیلی از شب گذشته بود و مه انبوهی در هوا متراکم شده بود؛ به‌طوری که درست جلو پایم را نمی‌دیدم؛ ولی از روی

عادت. از روی حس مخصوصی که در من بیدار شده بود. جلو در خانه‌ام که رسیدم، دیدم یک هیکل سیاه‌پوش، هیکل زنی روی سکّوی در خانه نشسته.

کبریت زدم که جای کلید قفل را پیدا کنم؛ ولی نمی‌دانم چرا بی‌اراده، چشمم به طرف هیکل سیاه‌پوش متوجه شد و دو چشم مورّب، دو چشم درشت سیاه که میان صورت مهتابی لاغری بود. همان چشم‌هایی که به صورت انسان خیره می‌شد، بی‌آنکه نگاه بکند. شناختم. اگر او را سابق بر این هم ندیده بودم، می‌شناختم. نه، گول نخورده بودم. این هیکل سیاه‌پوش او بود. من مثل وقتی که آدم خواب می‌بیند. خودش می‌داند که خواب است و می‌خواهد بیدار بشود؛ اما نمی‌تواند؛ مات و منگ ایستادم. سر جای خودم خشک شدم. کبریت تا ته سوخت و انگشت‌هایم را سوزانید؛ آن‌وقت یک‌مرتبه به خودم آمدم. کلید را در قفل پیچاندم. در باز شد. خودم را کنار کشیدم. او مثل کسی که راه را بشناسد؛ از روی سکو بلند شد؛ از دالان تاریک گذشت؛ در اطاقم را باز کرد و من هم پشت سر او وارد اطاقم شدم. دستپاچه چراغ را روشن کردم، دیدم او رفته روی تختخواب من دراز کشیده. صورتش در سایه واقع شده بود.

نمی‌دانستم که او مرا می‌بیند یا نه؛ صدایم را می‌توانست بشنود یا نه. ظاهراً نه حالت ترس داشت و نه میل مقاومت. مثل این بود که بدون اراده آمده بود.

آیا ناخوش بود؟ راهش را گم کرده بود؟ او بدون اراده، مانند یک نفر خوابگرد
آمده بود. در این لحظه، هیچ موجودی حالاتی را که طی کردم؛ نمی‌تواند
تصور بکند؛ یک جور درد گوارا و ناگفتنی حس کردم. نه، گول نخورده بودم.
این همان زن، همان دختر بود که بدون تعجب، بدون یک کلمه حرف،
وارد اطاق من شده بود. همیشه پیش خودم تصوّر می‌کردم که اوّلین برخورد
ما همین‌طور خواهد بود. این حالت برایم حکم یک خواب ژرف بی‌پایان را
داشت، چون باید به خواب خیلی عمیق رفت تا بشود چنین خوابی را دید
و این سکوت برایم حکم یک زندگی جاودانی را داشت؛ چون در حالت ازل
و ابد نمی‌شود حرف زد.

برای من، او در عین حال یک زن بود و یک چیز ماورای بشری با خودش
داشت. صورتش یک فراموشی گیج‌کنندهٔ همهٔ صورت‌های آدم‌های دیگر را
برایم می‌آورد؛ به‌طوری که از تماشای او لرزه به اندامم افتاد و زانوهایم سست
شد. در این لحظه، تمام سرگذشت دردناک زندگی خودم را پشت چشم‌های
درشت، چشم‌های بی‌اندازه درشت او دیدم؛ چشم‌های تر و برّاق، مثل گوی
الماس سیاهی که در اشک انداخته باشند. در چشم‌هایش، در چشم‌های
سیاهش، شب ابدی و تاریکی متراکمی را که جستجو می‌کردم، پیدا کردم
و در سیاهی مهیب افسونگر آن غوطه‌ور شدم؛ مثل این بود که قوّه‌ای را
از درون وجودم بیرون می‌کشند. زمین زیر پایم می‌لرزید و اگر زمین خورده
بودم، یک کیف ناگفتنی کرده بودم.

قلبم ایستاد. جلو نفس خودم را گرفتم. می‌ترسیدم که نفس بکشم و او مانند ابر یا دود ناپدید بشود. سکوت او حکم مُعجز را داشت. مثل این بود که یک دیوار بلورین بین ما کشیده بودند. از این دم، از این ساعت و یا ابدیت خفه می‌شدم. چشم‌های خستهٔ او مثل اینکه یک چیز غیرطبیعی که همه‌کس نمی‌تواند ببیند؛ مثل اینکه مرگ را دیده باشد؛ آهسته به هم رفت. پلک‌های چشمش بسته شد و من مانند غریقی که بعد از تَقَلّا و جان کندن روی آب می‌آید، از شدّت حرارتِ تب به خودم لرزیدم و با سرآستین، عرق روی پیشانی‌ام را پاک کردم.

صورت او همان حالت آرام و بی‌حرکت را داشت؛ ولی مثل این بود که تکیده‌تر و لاغرتر شده بود. همین طور دراز کشیده بود؛ ناخن انگشت سبّابهٔ دست چپش را می‌جوید. رنگ صورتش مهتابی و از پشت رخت سیاه نازکی که چسب تنش بود؛ خط ساق پا، بازو و دو طرف سینه و تمام تنش پیدا بود.

برای اینکه او را بهتر ببینم، من خم شدم؛ چون چشم‌هایش بسته شده بود. امّا هرچه به صورتش نگاه کردم؛ مثل این بود که او از من به کلّی دور است. ناگهان حس کردم که من به‌هیچ‌وجه از مکنونات قلب او خبر نداشتم و هیچ رابطه‌ای بین ما وجود نداشت.

خواستم چیزی بگویم؛ ولی ترسیدم گوش او، گوش‌های حسّاس او که باید به یک موسیقی دور آسمانی و ملایم عادت داشته باشد، از صدای من متنفّر بشود.

به فکرم رسید که شاید گرسنه و یا تشنه‌اش باشد. رفتم در پستوی اطاقم تا چیزی برایش پیدا بکنم ـ اگرچه می‌دانستم که هیچ‌چیز در خانه به هم نمی‌رسد. امّا مثل اینکه به من الهام شد؛ بالای رف، یک بغلی شراب کهنه که از پدرم به من ارث رسیده بود؛ داشتم. چهارپایه را گذاشتم. بغلی شراب را پایین آوردم. پاورچین‌پاورچین کنار تختخواب رفتم. دیدم مانند بچۀ خسته و کوفته‌ای خوابیده بود. او کاملاً خوابیده بود و مژه‌های بلندش مثل مخمل به هم رفته بود. سر بغلی را باز کردم و یک پیاله شراب از لای دندان‌های کلید شده‌اش، آهسته در دهن او ریختم.

برای اوّلین بار در زندگی‌ام احساس آرامش ناگهانی تولید شد. چون دیدم این چشم‌ها بسته شده، مثل اینکه سلاتونی که مرا شکنجه می‌کرد و کابوسی که با چنگال آهنینش درون مرا می‌فشرد، کمی آرام گرفت. صندلی خودم را آوردم؛ کنار تخت گذاشتم و به صورت او خیره شدم؛ چه صورت بچّگانه، چه حالت غریبی! آیا ممکن بود که این زن، این دختر، یا این فرشتۀ عذاب ـ چون نمی‌دانم چه اسمی رویش بگذارم ـ آیا ممکن بود که این زندگی دوگانه را داشته باشد؟ آن‌قدر آرام، آن‌قدر بی‌تکلف؟

حالا من می‌توانستم حرارت تنش را حس بکنم و بوی نمناکی که از گیسوان سنگین سیاهش متصاعد می‌شد، ببویم. نمی‌دانم چرا دست لرزان خودم را بلند کردم؛ چون دستم به اختیارم نبود و روی زلفش کشیدم؛ زلفی که همیشه روی شقیقه‌هایش چسبیده بود.

بعد انگشتانم را در زلفش فروبردم؛ موهای او سرد و نمناک بود؛ سرد، کاملاً
سرد. مثل اینکه چند روز می‌گذشت که مرده بود. من اشتباه نکرده بودم؛ او
مرده بود. دستم را از توی پیش‌سینهٔ او برده، روی پستان و قلبش گذاشتم.
کمترین تپشی احساس نمی‌شد. آینه را آوردم؛ جلو بینی او گرفتم؛ ولی
کمترین اثر زندگی در او وجود نداشت.

خواستم با حرارت تن خودم او را گرم بکنم؛ حرارت خود را به او بدهم و
سردی مرگ را از او بگیرم؛ شاید به این وسیله بتوانم روح خودم را در کالبد
او بدمم. لباسم را کندم؛ رفتم روی تختخواب، پهلویش خوابیدم. مثل نر
و مادهٔ مهرگیاه به هم چسبیده بودیم؛ اصلاً تن او مثل تن مادهٔ مهرگیاه بود
که از نر خودش جدا کرده باشند و همان عشق سوزان مهرگیاه را داشت.
دهنش گس و تلخ‌مزّه، طعم ته خیار را می‌داد؛ تمام تنش مثل تگرگ سرد
شده بود. حس می‌کردم که خون در شریانم منجمد می‌شد و این سرما تا ته
قلب من نفوذ می‌کرد. همهٔ کوشش‌های من بیهوده بود. از تخت پایین آمدم؛
رختم را پوشیدم. نه، دروغ نبود. او اینجا در اطاق من، در تختخواب من آمد
و تنش را به من تسلیم کرد. تنش و روحش هر دو را به من داد! تا زنده بود؛ تا
زمانی که چشم‌هایش از زندگی سرشار بود. فقط یادگار چشمش مرا شکنجه
می‌داد؛ ولی حالا بی‌حس و حرکت، سرد و با چشم‌های بسته شده، آمد،
خودش را تسلیم من کرد؛ با چشم‌های بسته!

این همان کسی بود که تمام زندگی مرا زهرآلود کرده بود و یا اصلاً زندگی
من مستعد بود که زهرآلود بشود و من به جز زندگیِ زهرآلود، زندگی دیگری را

نمی‌توانستم داشته باشم. حالا اینجا در اطاقم تن و سایه‌اش را به من داد.
روح شکننده و موقّت او که هیچ رابطه‌ای با دنیای زمینیان نداشت، از
میان لباس سیاهِ چین‌خورده‌اش آهسته بیرون آمد؛ از میان جسمی که او
را شکنجه می‌کرد و در دنیای سایه‌های سرگردان رفت. گویا سایهٔ مرا هم
با خودش برد؛ ولی تنش بی‌حس و حرکت آنجا افتاده بود. عضلات نرم و
لمس او، رگ و پی و استخوان‌هایش منتظر پوسیده شدن بودند و خوراک
لذیذی برای کرم‌ها و موش‌های زیر زمین تهیه شده بود و من در این اطاق
فقیر پر از نکبت و مسکنت . در اطاقی که مثل گور بود . در میان تاریکی
شب جاودانی که مرا فراگرفته بود و به بدنهٔ دیوارها فرورفته بود، بایستی یک
شب بلند تاریک سرد و بی‌انتها در جوار مُرده به سر ببرم؛ با مردهٔ او. به نظرم
آمد که تا دنیا دنیا است، تا من بوده‌ام، یک مرده، یک مردهٔ سرد و بی‌حس و
حرکت در اطاق تاریک با من بوده است.

در این لحظه، افکارم منجمد شده بود؛ یک زندگی منحصربه‌فرد عجیب
در من تولید شد؛ چون زندگی‌ام مربوط به همهٔ هستی‌هایی می‌شد که دور
من بودند؛ به همهٔ سایه‌هایی که در اطرافم می‌لرزیدند و وابستگی عمیق
و جدایی‌ناپذیر با دنیا و حرکت موجودات و طبیعت داشتم و به وسیلهٔ
رشته‌های نامرئی، جریان اضطرابی بین من و همهٔ عناصر طبیعت برقرار
شده بود. هیچ‌گونه فکر و خیالی به نظرم غیرطبیعی نمی‌آمد. من قادر بودم
به آسانی به رموز نقّاشی‌های قدیمی، به اسرار کتاب‌های مشکل فلسفه،
به حماقت ازلی اشکال و انواع پی ببرم؛ زیرا در این لحظه من در گردش

زمین و افلاک، در نشو و نمای رُستنی‌ها و جنبش جانوران شرکت داشتم. گذشته و آینده، دور و نزدیک، با زندگی احساساتی من شریک و توأم شده بود.

در این جور مواقع، هرکس به یک عادت قوی زندگی خودش، به یک وسواس خود پناهنده می‌شود؛ عرق‌خور می‌رود مست می‌کند؛ نویسنده می‌نویسد؛ حجّار سنگ‌تراشی می‌کند و هرکدام دِقّ دل و عقدهٔ خودشان را به وسیلهٔ فرار در مُحرّک قوی زندگی خود خالی می‌کنند و در این مواقع است که یک نفر هنرمند حقیقی می‌تواند از خودش شاهکاری به وجود بیاورد؛ ولی من، من که بی‌ذوق و بیچاره بودم. یک نقّاش روی جلد قلمدان چه می‌توانستم بکنم؟ با این تصاویر خشک برّاق و بی‌روح که همه‌اش به یک شکل بود، چه می‌توانستم بکشم که شاهکار بشود؟ اما در تمام هستی خودم، ذوق سرشار و حرارت مفرطی حس می‌کردم. یک‌جور ویر و شور مخصوصی بود. می‌خواستم این چشم‌هایی که برای همیشه به هم بسته شده بود، روی کاغذ بکشم و برای خودم نگه دارم. این حس مرا وادار کرد که تصمیم خودم را عملی بکنم؛ یعنی دست خودم نبود. آن‌هم وقتی که آدم با یک مرده محبوس است. همین فکر، شادی مخصوصی در من تولید کرد!

بالأخره چراغ را که دود می‌زد خاموش کردم. دو شمعدان آوردم و بالای سر او روشن کردم. جلو نور شمع، حالت صورتش آرام‌تر شد و در سایه‌روشن اطاق، حالت مرموز و اثیری به خودش گرفت. کاغذ و لوازم کارم را برداشتم. آمدم کنار تخت او، چون دیگر این تخت مال او بود. می‌خواستم این شکلی که

خیلی آهسته و خرده‌خرده محکوم به تجزیه و نیستی بود؛ این شکلی که ظاهراً بی‌حرکت و به یک حالت بود؛ سر فارغ از رویش بکشم. روی کاغذ، خطوط اصلی آن را ضبط بکنم؛ همان خطوطی که از این صورت در من مؤثر بود، انتخاب بکنم. نقّاشی هرچند مختصر و ساده باشد، ولی باید تأثیر بکند و روحی داشته باشد؛ اما من که عادت به نقّاشی چاپی روی جلد قلمدان کرده بودم؛ حالا باید فکر خودم را به کار بیندازم و خیال خودم، یعنی آن موهومی که از صورت او در من تأثیر داشت؛ پیش خود مجسّم بکنم. یک نگاه به صورت او بیندازم؛ بعد چشمم را ببندم و خط‌هایی که از صورت او انتخاب می‌کردم، روی کاغذ بیاورم تا به این وسیله با فکر خودم شاید تریاکی برای روح شکنجه شده‌ام، پیدا بکنم. بالأخره در زندگی بی‌حرکت خط‌ها و اشکال پناه بردم.

این موضوع با شیوهٔ نقاشی مردهٔ من تناسب مخصوصی داشت؛ نقاشی از روی مرده. اصلاً من نقّاش مرده‌ها بودم! ولی چشم‌ها، چشم‌های بستهٔ او. آیا لازم داشتم که دوباره آن‌ها را ببینم؟ آیا به قدر کافی در فکر و مغز من مجسّم نبودند؟

نمی‌دانم تا نزدیک صبح چند بار از روی صورت او نقّاشی کردم؛ ولی هیچ‌کدام موافق میلم نمی‌شد. هرچه می‌کشیدم؛ پاره می‌کردم. از این کار نه خسته می‌شدم و نه گذشتن زمان را حس می‌کردم.

تاریک‌روشن بود؛ روشنایی کدری از پشت شیشه‌های پنجره، داخل اطاقم شده بود. من مشغول تصویری بودم که به نظرم از همه بهتر شده بود؛

ولی چشم‌ها، آن چشم‌هایی که به حال سرزنش بود؛ مثل اینکه گناهان پوزش‌ناپذیری از من سر زده باشد. آن چشم‌ها را نمی‌توانستم روی کاغذ بیاورم. یک مرتبه همهٔ زندگی و یادبود آن چشم‌ها از خاطرم محو شده بود. کوشش من بیهوده بود. هرچه به صورت او نگاه می‌کردم؛ نمی‌توانستم حالت آن را به خاطر بیاورم. ناگهان دیدم در همین وقت گونه‌های او کم‌کم رنگ انداخت؛ یک رنگ سرخ جگرکی مثل رنگ گوشت جلو دکّان قصابی بود. جان گرفت و چشم‌های بی‌اندازه باز و متعجّب او، چشم‌هایی که همهٔ فروغ زندگی در آن جمع شده بود و با روشنایی ناخوشی می‌درخشید، چشم‌های بیمار سرزنش‌دهندهٔ او خیلی آهسته باز و به صورت من خیره نگاه کرد. برای اوّلین بار بود که او متوجّه من شد. به من نگاه کرد و دوباره چشم‌هایش به هم رفت. این پیشامد شاید لحظه‌ای بیش طول نکشید؛ ولی کافی بود که من حالت چشم‌های او را بگیرم و روی کاغذ بیاورم. با نیش قلم‌مو این حالت را کشیدم و این‌دفعه دیگر نقّاشی را پاره نکردم.

بعد، از سرجایم بلند شدم؛ آهسته نزدیک او رفتم؛ به خیالم زنده است، زنده شده، عشق من در کالبد او روح دمیده. اما از نزدیک بوی مرده، بوی مردهٔ تجزیه شده، را حس کردم. روی تنش کرم‌های کوچک در هم می‌لولیدند و دو مگس زنبور طلایی دور او جلو روشنایی شمع پرواز می‌کردند. او کاملاً مرده بود؛ ولی چرا، چه‌طور چشم‌هایش باز شد؟ نمی‌دانم. آیا در حالت رویا دیده بودم، آیا حقیقت داشت؟

نمی‌خواهم کسی این پرسش را از من بکند؛ ولی اصل کار، صورت او نه، چشم‌هایش بود و حالا این چشم‌ها را داشتم. روح چشم‌هایش را روی کاغذ داشتم و دیگر تنش به درد من نمی‌خورد؛ این تنی که محکوم به نیستی و طعمهٔ کرم‌ها و موش‌های زیر زمین بود! حالا از این به بعد او در اختیار من بود؛ نه من دست‌نشاندهٔ او. هر دقیقه که مایل بودم، می‌توانستم چشم‌هایش را ببینم. نقاشی را با احتیاط هرچه تمام‌تر بردم در قوطی حلبی خودم که جای دخلم بود، گذاشتم و در پستوی اطاقم پنهان کردم.

شب پاورچین پاورچین می‌رفت؛ گویا به اندازهٔ کافی خستگی در کرده بود. صداهای دوردست خفیف به گوش می‌رسید؛ شاید یک مرغ یا پرندهٔ رهگذری خواب می‌دید؛ شاید گیاه‌ها می‌روییدند؛ در این وقت ستاره‌های رنگ‌پریده، پشت توده‌های ابر ناپدید می‌شدند. روی صورتم نفس ملایم صبح را حس کردم و در همین وقت، بانگ خروس از دور بلند شد.

آیا با مرده چه می‌توانستم بکنم؟ با مرده‌ای که تنش شروع به تجزیه شدن کرده بود! اول به خیالم رسید او را در اطاق خودم چال بکنم؛ بعد فکر کردم او را ببرم بیرون و در چاهی بیندازم؛ در چاهی که دور آن گل‌های نیلوفر کبود روییده باشد؛ اما همهٔ این کارها برای اینکه کسی نبیند چقدر فکر، چقدر زحمت و تردستی لازم داشت! به علاوه نمی‌خواستم که نگاه بیگانه به او بیفتد. همهٔ این کارها را باید به تنهایی و به دست خودم انجام بدهم. من به درک، اصلاً زندگی من بعد از او چه فایده‌ای داشت؟ اما او، هرگز، هرگز، هیچ‌کس از مردمان معمولی، هیچ‌کس به غیر از من نمی‌بایستی که

چشمش به مردهٔ او بیفتد. او آمده بود در اطاق من، جسم سرد و سایه‌اش را تسلیم من کرده بود؛ برای اینکه کس دیگری او را نبیند؛ برای اینکه به نگاه بیگانه آلوده نشود. بالاخره فکری به نظرم رسید: «اگر تن او را تکّه‌تکّه می‌کردم و در چمدان، همان چمدان کهنهٔ خودم می‌گذاشتم و با خودم می‌بردم بیرون؛ دور، خیلی دور از چشم مردم و آن را چال می‌کردم».

این‌دفعه دیگر تردید نکردم. کارد دسته استخوانی که در پستوی اطاقم داشتم، آوردم و خیلی با دقت، اول لباس سیاه نازکی که مثل تار عنکبوت او را در میان خودش محبوس کرده بود، تنها چیزی که بدنش را پوشانیده بود، پاره کردم. مثل این بود که او قد کشیده بود؛ چون بلندتر از معمول به نظرم جلوه کرد. بعد سرش را جدا کردم. چکه‌های خون لخته شدهٔ سرد از گلویش بیرون آمد. بعد دست‌ها و پاهایش را بریدم و همهٔ تن او را با اعضایش مرتب در چمدان جا دادم و لباسش، همان لباس سیاه را رویش کشیدم. در چمدان را قفل کردم و کلیدش را در جیبم گذاشتم. همین که فارغ شدم؛ نفس راحتی کشیدم. چمدان را برداشتم؛ وزن کردم. سنگین بود. هیچ‌وقت آن‌قدر احساس خستگی در من پیدا نشده بود. نه، هرگز نمی‌توانستم چمدان را به تنهایی با خودم ببرم.

هوا دوباره ابر و باران خفیفی شروع شده بود. از اطاقم بیرون رفتم تا شاید کسی را پیدا بکنم که چمدان را همراه من بیاورد. در آن حوالی، دَیّاری دیده نمی‌شد. کمی دورتر، درست دقت کردم؛ از پشت هوای مه‌آلود پیرمردی را دیدم که قوز کرده و زیر یک درخت سرو نشسته بود. صورتش را که با شال

گردن پهنی پیچیده بود، دیده نمی‌شد. آهسته نزدیک او رفتم. هنوز چیزی نگفته بودم. پیرمرد خندهٔ دو رگهٔ خشک و زننده‌ای کرد؛ به‌طوری که موهای تنم راست شد و گفت:

«اگه حمّال می‌خواستی من خودم حاضرم هان. یه کالسکهٔ نعش‌کش هم دارم! من هر روز مرده‌ها رو می‌برم شاعبدالعظیم به خاک می‌سپرم ها. من تابوت هم می‌سازم. به اندازهٔ هرکسی تابوت دارم؛ به‌طوری که مو نمی‌زنه! من خودم حاضرم، همین الآن!»

قهقه خندید به‌طوری که شانه‌هایش می‌لرزید. من با دست اشاره به سمت خانه‌ام کردم؛ ولی او فرصت حرف زدن به من نداد و گفت:

«لازم نیس، من خونهٔ تو رو بلدم، همین الآن هان.»

از سر جایش بلند شد؛ من به طرف خانه‌ام برگشتم. رفتم در اطاقم و چمدان مرده را به زحمت تا دم در آوردم. دیدم یک کالسکهٔ نعش‌کش کهنه و اسقاط دم در است که به آن دو اسب سیاه لاغر مثل تشریح بسته شده؛ پیرمرد قوز کرده، آن بالا روی نشیمن نشسته بود و یک شلّاق بلند در دست داشت؛ ولی اصلاً برنگشت به طرف من نگاه بکند. من چمدان را به زحمت در درون کالسکه گذاشتم که میانش جای مخصوصی برای تابوت بود. خودم هم رفتم بالا میان جای تابوت دراز کشیدم و سرم را روی لبهٔ آن گذاشتم تا بتوانم اطراف را ببینم. بعد چمدان را روی سینه‌ام لغزانیدم و با دو دستم محکم نگه داشتم.

شلّاق در هوا صدا کرد. اسب‌ها نفس‌زنان به راه افتادند. از بینی آنها بخار نفسشان مثل لولهٔ دود در هوای بارانی دیده می‌شد و خیزهای بلند و ملایمی برمی‌داشتند. دست‌های لاغر آنها مثل دزدی که طبق قانون انگشت‌هایش را بریده و در روغن داغ فروکرده باشند؛ آهسته، بلند و بی‌صدا روی زمین گذاشته می‌شد. صدای زنگوله‌های گردن آنها در هوای مرطوب به آهنگ مخصوصی مترنّم بود. یک نوع راحتی بی‌دلیل و ناگفتنی، سرتاپای مرا گرفته بود؛ به‌طوری که از حرکت کالسکهٔ نعش‌کش، آب تو دلم تکان نمی‌خورد؛ فقط سنگینی چمدان را روی قفسهٔ سینه‌ام حس می‌کردم.

مردهٔ او، نعش او، مثل این بود که همیشه این وزن روی سینهٔ مرا فشار می‌داده. مه غلیظ، اطراف جاده را گرفته بود. کالسکه با سرعت و راحتی مخصوصی از کوه و دشت و رودخانه می‌گذشت؛ اطراف من یک چشم‌انداز جدید و بی‌مانندی پیدا بود که نه در خواب و نه در بیداری دیده بودم؛ کوه‌های بریده‌بریده، درخت‌های عجیب‌وغریب توسری‌خوردهٔ نفرین‌زده از دو جانب جاده پیدا بود که از لابه‌لای آن، خانه‌های خاکستری رنگ به اشکال سه‌گوشه، مکعب و منشور با پنجره‌های کوتاه تاریک بدون شیشه دیده می‌شد. این پنجره‌ها به چشم‌های گیج کسی که تب هذیانی دارد، شبیه بود. نمی‌دانم دیوارها با خودشان چه داشتند که سرما و برودت را تا قلب انسان انتقال می‌دادند. مثل این بود که هرگز یک موجود زنده نمی‌توانست در این خانه‌ها مسکن داشته باشد. شاید برای سایهٔ موجودات اثیری، این خانه‌ها درست شده بود.

گویا کالسکه‌چی مرا از جادهٔ مخصوصی و یا از بیراهه می‌برد؛ بعضی جاها فقط تنه‌های بریده و درخت‌های کج و کوله دور جاده را گرفته بودند و پشت آن‌ها خانه‌های پست و بلند، به شکل‌های هندسی، مخروطی، مخروط ناقص با پنجره‌های باریک و کج دیده می‌شد که گل‌های نیلوفر کبود از لای آن‌ها درآمده بود و از در و دیوار بالا می‌رفت. این منظره یک‌مرتبه پشت مه غلیظ ناپدید شد. ابرهای سنگین باردار، قلهٔ کوه‌ها را در میان گرفته، می‌فشردند و نم‌نم باران مانند گردوغبار ویلان و بی‌تکلیف در هوا پراکنده شده بود. بعد از آن که مدت‌ها رفتیم؛ نزدیک یک کوه بلند بی‌آب و علف، کالسکهٔ نعش‌کش نگه داشت. من چمدان را از روی سینه‌ام لغزانیدم و بلند شدم.

پشت کوه، یک محوّطهٔ خلوت، آرام و باصفا بود؛ یک جایی که هرگز ندیده بودم و نمی‌شناختم؛ ولی به نظرم آشنا آمد، مثل اینکه خارج از تصوّر من نبود. روی زمین از بتّه‌های نیلوفر کبود بی‌بو پوشیده شده بود. به نظر می‌آمد که تاکنون کسی پایش را درین محل نگذاشته بود. من چمدان را روی زمین گذاشتم. پیرمرد کالسکه‌چی رویش را برگردانید و گفت:

«اینجا نزدیک شاعبدالعظیمه، جایی بهتر از این برات پیدا نمی‌شه، پرنده پر نمی‌زنه هان!...»

من دست کردم جیبم کرایهٔ کالسکه‌چی را بپردازم؛ دو قران و یک عبّاسی بیشتر توی جیبم نبود. کالسکه‌چی خندهٔ خشک زننده‌ای کرد و گفت:

«قابلی نداره؛ باشه. بعد می‌گیرم. خونه‌ات رو بلدم. دیگه با من کاری نداشتین هان؟ همین‌قدر بدون که در قبرکنی من بی‌سررشته نیستم هان. خجالت نداره. بریم همین‌جا نزدیک رودخونه؛ کنار درخت سرو، یه گودال به اندازهٔ چمدون برات می‌کنم و میرم.»

پیرمرد با چالاکی مخصوص که من نمی‌توانستم تصورش را بکنم؛ از نشیمن خود پایین جست. من چمدان را برداشتم و دو نفری رفتیم کنار تنهٔ درختی که پهلوی رودخانهٔ خشکی بود. او گفت:

«همین‌جا خوبه؟»

و بی آن که منتظر جواب من بشود، با بیلچه و کلنگی که همراه داشت، مشغول کندن شد. من چمدان را زمین گذاشتم و سر جای خودم مات ایستاده بودم. پیرمرد با پشت خمیده و چالاکی آدم کهنه‌کاری مشغول بود. در ضمن کندوکاو چیزی شبیه کوزهٔ لعابی پیدا کرد؛ آن را در دستمال چرکی پیچید. بلند شد و گفت:

«. این هم گودال هان، دُرُس به اندازهٔ چمدونه، مو نمی‌زنه هان!»

من دست کردم جیبم که مزدش را بدهم. دو قران و یک عبّاسی بیشتر نداشتم، پیرمرد خندهٔ خشک چندش‌انگیزی کرد و گفت:

«نمی‌خواد؛ قابلی نداره. من خونه‌تونو بلدم هان؛ وانگهی عوض مزدم من یک کوزه پیدا کردم. یه گلدون راغه، مال شهر قدیم ری هان!»

بعد با هیکل خمیدهٔ قوزکرده‌اش می‌خندید! به‌طوری که شانه‌هایش
می‌لرزید. کوزه را که میان دستمال چرکی بسته بود، زیر بغلش گرفته بود
و به طرف کالسکهٔ نعش‌کش رفت و با چالاکی مخصوصی بالای نشیمن
قرار گرفت. شلّاق در هوا صدا کرد. اسب‌ها نفس‌زنان به راه افتادند. صدای
زنگولهٔ گردن آن‌ها در هوای مرطوب به آهنگ مخصوصی مترنّم بود و کم‌کم
پشت تودهٔ مِه از چشم من ناپدید شد.

همین که تنها ماندم؛ نفس راحتی کشیدم. مثل این بود که بار سنگینی از
روی سینه‌ام برداشته شد و آرامش گوارایی سر تا پایم را فراگرفت. دور خودم
را نگاه کردم. اینجا محوطهٔ کوچکی بود که میان تپّه‌ها و کوه‌های کبود گیر
کرده بود. روی یک رشته‌کوه، آثار و بناهای قدیمی با خشت‌های کلفت و
یک رودخانهٔ خشک در آن نزدیکی دیده می‌شد. این محل دنج، دورافتاده
و بی‌سروصدا بود. من از ته دل خوشحال بودم و پیش خودم فکر کردم؛ این
چشم‌های درشت وقتی که از خواب زمینی بیدار می‌شد؛ جایی به فراخور
ساختمان و قیافه‌اش پیدا می‌کرد. وانگهی می‌بایستی که او دور از سایر
مردم، دور از مردهٔ دیگران باشد؛ همان‌طوری که در زندگی‌اش دور از زندگی
دیگران بود.

چمدان را با احتیاط برداشتم و میان گودال گذاشتم. گودال درست به اندازهٔ
چمدان بود، مو نمی‌زد؛ ولی برای آخرین بار خواستم فقط یک بار در آن، در
چمدان، نگاه کنم. دور خودم را نگاه کردم. دَیّاری دیده نمی‌شد. کلید را
از جیبم درآوردم و درِ چمدان را باز کردم؛ اما وقتی که گوشهٔ لباس سیاه

او را پس زدم؛ در میان خون دَلَمه شده و کرم‌هایی که در هم می‌لولیدند، دو چشم درشت سیاه دیدم که بدون حالت، رک زده، به من نگاه می‌کرد و زندگی من ته این چشم‌ها غرق شده بود. به تعجیل، در چمدان را بستم و خاک رویش ریختم. بعد با لگد خاک را محکم کرد. رفتم از بتّه‌های نیلوفر کبود بی‌بو آوردم و روی خاکش نشا کردم. بعد قُلبه‌سنگ و شن آوردم و رویش پاشیدم تا اثر قبر به کلّی محو بشود؛ به‌طوری که هیچ‌کس نتواند آن را تمیز بدهد. به قدری خوب این کار را انجام دادم که خودم هم نمی‌توانستم قبر او را از باقی زمین تشخیص بدهم.

کارم که تمام شد؛ نگاهی به خودم انداختم. دیدم لباسم خاک‌آلود، پاره و خون لخته شدهٔ سیاهی به آن چسبیده بود. دو مگس زنبور طلایی دورم پرواز می‌کردند و کرم‌های کوچکی به تنم چسبیده بود که در هم می‌لولیدند. خواستم لکهٔ خون روی دامن لباسم را پاک بکنم؛ اما هرچه آستینم را با آب دهن تر می‌کردم و رویش می‌مالیدم، لکهٔ خون بدتر می‌دوانید و غلیظ‌تر می‌شد؛ به‌طوری که به تمام تنم نشد می‌کرد و سرمای لزج خون را روی تن حس کردم.

نزدیک غروب بود. نم‌نم باران می‌آمد. من بی‌اراده ردّ چرخ کالسکهٔ نعش‌کش را گرفتم و راه افتادم. همین که هوا تاریک شد؛ جای چرخ کالسکهٔ نعش‌کش را گم کردم. بی‌مقصد، بی‌فکر و بی‌اراده در تاریکی غلیظ متراکم، آهسته راه می‌رفتم و نمی‌دانستم که به کجا خواهم رسید؛ چون بعد از او، بعد از آن که آن چشم‌های درشت را میان خون دلمه شده دیده بودم؛ در شب تاریکی،

در شب عمیقی که سرتاسر زندگی مرا فراگرفته بود، راه می‌رفتم؛ چون دو چشمی که به منزلهٔ چراغ آن بود، برای همیشه خاموش شده بود و در این صورت برایم یکسان بود که به مکان و مأوایی برسم یا هرگز نرسم.

سکوت کامل فرمانروایی داشت. به نظرم آمد که همه مرا ترک کرده بودند. به موجودات بی‌جان پناه بردم. رابطه‌ای بین من و جریان طبیعت، بین من و تاریکی عمیقی که در روح من پایین آمده بود؛ تولید شده بود. این سکوت یک‌جور زبانی است که ما نمی‌فهمیم. از شدت کیف سرم گیج رفت. حالت قِی به من دست داد و پاهایم سست شد. خستگی بی‌پایانی در خودم حس کردم. رفتم در قبرستان کنار جاده روی سنگ قبری نشستم. سرم را میان دو دستم گرفتم و به حال خودم حیران بودم. ناگهان صدای خندهٔ خشک زننده‌ای مرا به خودم آورد، رویم را برگردانیدم. دیدم هیکلی که سر و رویش را با شال‌گردن پیچیده بود؛ پهلویم نشسته بود و چیزی در دستمال بسته زیر بغلش بود. رویش را به من کرد و گفت:

«حتماً تو می‌خواستی شهر بری راهو گم کردی هان؟ لابد با خودت می‌گی این وقت شب من تو قبرسون چه کار دارم! اما نترس، سروکار من با مرده‌هاس. شغلم گورکنیس. بدکاری نیس، هان؟ من تمام راه و چاه‌های این جا رو بلدم؛ مثلاً امروز رفتم یه قبر بکنم؛ این گلدون از زیر خاک درآمد. می‌دونی؛ گلدون راغه، مال شهر قدیم ری، هان! اصلاً قابلی نداره. من این کوزه رو به تو می‌دم؛ به یادگار من داشته باش».

من دست کردم در جیبم؛ دو قران و یک عبّاسی درآوردم. پیرمرد با خندهٔ خشک چندش‌انگیزی گفت:

«هرگز. قابلی نداره. من تو رو می‌شناسم. خونه‌ات رو هم بلدم؛ همین بغل، من یه کالسکهٔ نعش‌کش دارم. بیا تو رو به خونت برسونم هان. دو قدم راس».

کوزه را در دامن من گذاشت و بلند شد. از زور خنده شانه‌هایش می‌لرزید. من کوزه را برداشتم و دنبال هیکل قوزه کردهٔ پیرمرد افتادم. سر پیچ جاده، یک کالسکهٔ نعش‌کش لکنته با دو اسب سیاه لاغر ایستاده بود. پیرمرد با چالاکی مخصوصی رفت بالای نشیمن نشست و من هم رفتم درون کالسکه میان جای مخصوصی که برای تابوت درست شده بود؛ دراز کشیدم و سرم را روی لبهٔ بلند آن گذاشتم؛ برای اینکه اطراف خودم را بتوانم ببینم. کوزه را روی سینه‌ام گذاشتم و با دستم آن را نگه داشتم.

شلاق در هوا صدا کرد. اسب‌ها نفس‌زنان به راه افتادند. خیزهای بلند و ملایم برمی‌داشتند. پاهای آن‌ها آهسته و بی‌صدا روی زمین گذاشته می‌شد. صدای زنگولهٔ گردن آن‌ها در هوای مرطوب به آهنگ مخصوصی مترنّم بود. از پشت ابر، ستاره‌ها مثل حدقهٔ چشم‌های براقی که از میان خون دلمه شدهٔ سیاه بیرون آمده باشد؛ روی زمین را نگاه می‌کردند. آسایش گوارایی سرتا پایم را فرا گرفت، فقط گلدان مثل وزن جسد مرده‌ای روی سینهٔ مرا فشار می‌داد. درخت‌های پیچ در پیچ، با شاخه‌های کج و کوله، مثل این بود که در تاریکی از ترس اینکه مبادا بلغزند و زمین بخورند؛ دست یکدیگر را گرفته بودند. خانه‌های عجیب و غریب به شکل‌های بریده‌بریدهٔ هندسی

با پنجره‌های متروک سیاه، کنار جاده رج کشیده بودند؛ ولی بدنهٔ دیوار این خانه‌ها مانند کرم شب‌تاب تشعشع کدر و ناخوشی از خود متصاعد می‌کرد. درخت‌ها به حالت ترسناکی دسته‌دسته، ردیف‌ردیف می‌گذشتند و از پی هم فرار می‌کردند؛ ولی به نظر می‌آمد که ساقهٔ نیلوفرها توی پای آن‌ها می‌پیچند و زمین می‌خورند. بوی مرده، بوی گوشت تجزیه شده همهٔ جان مرا فراگرفته بود گویا بوی مرده همیشه به جسم من فرورفته بود و همهٔ عمرم من در یک تابوت سیاه خوابیده بوده‌ام و یک نفر پیرمرد قوزی که صورتش را نمی‌دیدم؛ مرا میان مه و سایه‌های گذرنده می‌گردانید.

کالسکهٔ نعش‌کش ایستاد. من کوزه را برداشتم و از کالسکه پایین جستم. جلو در خانه‌ام بودم. به تعجیل وارد اطاقم شدم. کوزه را روی میز گذاشتم. رفتم قوطی حلبی، همان قوطی حلبی که غُلّکم بود و در پستوی اطاقم قایم کرده بودم؛ برداشتم. آمدم دم در که به جای مزد، قوطی را به پیرمرد کالسکه‌چی بدهم؛ ولی او غیبش زده بود. اثری از آثار او و کالسکه‌اش دیده نمی‌شد. دوباره مأیوس به اطاقم برگشتم. چراغ را روشن کردم. کوزه را از میان دستمال بیرون آوردم. خاک روی آن را با آستینم پاک کردم. کوزه لعاب شفاف قدیمی بنفش داشت که به رنگ زنبور طلایی خرد شده درآمده بود و یک طرف تنهٔ آن به شکل لوزی، حاشیه‌ای از نیلوفر کبودرنگ داشت و میان آن...

میان حاشیهٔ لوزی صورت او... صورت زنی کشیده شده بود که چشم‌های سیاه درشت، چشم‌های درشت‌تر از معمول، چشم‌های سرزنش‌دهنده

داشت؛ مثل اینکه از من گناه‌های پوزش‌ناپذیری سرزده بود که خودم نمی‌دانستم. چشم‌های مهیب افسون‌گر که در عین حال مضطرب و متعجب، تهدیدکننده و وعده‌دهنده بود. این چشم‌ها می‌ترسانید و جذب می‌کرد و یک پرتو ماوراء طبیعی مست‌کننده در ته آن می‌درخشید. گونه‌های برجسته، پیشانی بلند، ابروهای باریک به هم پیوسته، لب‌های گوشتالوی نیمه‌باز و موهای نامرتّب داشت که یک رشته از آن روی شقیقه‌هایش چسبیده بود.

تصویری را که دیشب از روی او کشیده بودم؛ از توی قوطی حلبی بیرون آوردم. مقابله کردم. با نقاشی روی کوزه ذرّه‌ای فرق نداشت. مثل اینکه عکس یکدیگر بودند؛ هر دو آن‌ها یکی و اصلاً کار یک نفر، کار یک نقاشِ بدبختِ رویِ قلمدان‌ساز بود. شاید روح نقاش کوزه در موقع کشیدن در من حلول کرده بود و دست من به اختیار او بوده است. آن‌ها را نمی‌شد از هم تشخیص داد. فقط نقاشی من روی کاغذ بود؛ در صورتی که نقاشی روی کوزه، لعاب شفاف قدیمی داشت که روح مرموز، یک روح غریب غیرمعمولی به این تصویر داده بود و شرارهٔ روح شروری در ته چشمش می‌درخشید. نه، باورکردنی نبود. همان چشم‌های درشت بی‌فکر، همان قیافهٔ تودار و در عین حال آزاد! کسی نمی‌تواند پی ببرد که چه احساسی به من دست داد. می‌خواستم از خودم بگریزم. آیا چنین اتفاقی ممکن بود؟ تمام بدبختی‌های زندگی‌ام دوباره جلو چشمم مجسّم شد. آیا فقط چشم‌های یک نفر در زندگی‌ام کافی نبود؟ حالا دو نفر با همان چشم‌ها،

چشم‌هایی که مال او بود؛ به من نگاه می‌کردند! نه، قطعاً تحمل‌ناپذیر بود. چشمی که خودش آنجا نزدیک کوه کنار تنهٔ درخت سرو، پهلوی رودخانهٔ خشک به خاک سپرده شده بود؛ زیر گل‌های نیلوفر کبود، در میان خون غلیظ، در میان کرم و جانوران و گزندگانی که دور او جشن گرفته بودند و ریشهٔ گیاه‌ها به زودی در حدقهٔ آن فرومی‌رفت که شیره‌اش را بمکد؛ حالا با زندگی قوی و سرشار به من نگاه می‌کرد!

من خودم را تا این اندازه بدبخت و نفرین‌زده گمان نمی‌کردم؛ ولی به واسطهٔ حس جنایتی که در من پنهان بود؛ در عین حال خوشی بی‌دلیلی، خوشی غریبی به من دست داد؛ چون فهمیدم که یک نفر هم‌درد قدیمی داشته‌ام. آیا این نقاش قدیم، نقاشی که روی این کوزه را صدها، شاید هزاران سال پیش نقاشی کرده بود؛ هم‌درد من نبود؟ آیا همین عوالم مرا طی نکرده بود؟ تا این لحظه من خودم را بدبخت‌ترین موجودات می‌دانستم؛ ولی پی بردم زمانی که روی آن کوه‌ها، در آن خانه‌ها و آبادی‌های ویران که با خشت‌های وزین ساخته شده بود؛ مردمانی زندگی می‌کردند که حالا استخوان آن‌ها پوسیده شده و شاید ذرّات قسمت‌های مختلف تن آن‌ها در گل‌های نیلوفر کبود زندگی می‌کرد؛ میان این مردمان یک نفر نقاش فلک‌زده، یک نفر نقاش نفرین‌شده، شاید یک نفر رویِ قلمدان‌ساز بدبخت مثل من وجود داشته، درست مثل من و حالا پی بردم. فقط می‌توانستم بفهمم که او هم در میان دو چشم درشت سیاه می‌سوخته و می‌گداخته، درست مثل من. همین به من دلداری می‌داد.

بالاخره نقاشی خودم را پهلوی نقاشی کوزه گذاشتم. بعد رفتم منقل مخصوص خودم را درست کردم. آتش که گل انداخت؛ آوردم جلوی نقاشی‌ها گذاشتم. چند پُک وافور کشیدم و در عالم خلسه به عکس‌ها خیره شدم؛ چون می‌خواستم افکار خودم را جمع بکنم و فقط دود اثیری تریاک بود که می‌توانست افکار مرا جمع‌آوری کند و استراحت فکری برایم تولید بکند.

هرچه تریاک برایم مانده بود؛ کشیدم تا این افیون غریب همهٔ مشکلات و پرده‌هایی که جلو چشم مرا گرفته بود؛ این همه یادگاری‌های دوردست خاکستری و متراکم را پراکنده بکند. حالی که انتظارش را می‌کشیدم؛ آمد و بیش از انتظارم بود. کم‌کم افکارم دقیق، بزرگ و افسون‌آمیز شد، در یک حالت نیمه‌خواب و نیمه‌اغما فرورفتم.

بعد مثل این بود که فشار و وزن روی سینه‌ام برداشته شد. مثل اینکه قانون ثقل برای من وجود نداشت و آزادانه دنبال افکارم که بزرگ، لطیف و موشکاف شده بود، پرواز می‌کردم. یک‌جور کیف عمیق و ناگفتنی سر تا پایم را گرفت. از قید بار تنم آزاد شده بودم.تمام وجودم بطرف عالم کند وکرخت نباتی متمایل شده بود. یک دنیای آرام ولی پر از اشکال و الوان افسونگر و گوارا. بعد دنبالهٔ افکارم، از هم گسیخته و در این رنگ‌ها حل می‌شد. در امواجی غوطه‌ور بودم که پر از نوازش‌های اثیری بود. صدای قلبم را می‌شنیدم. حرکت شریانم را حس می‌کردم. این حالت برای من پر از معنی و کیف بود.

از ته دل می‌خواستم و آرزو می‌کردم که خودم را تسلیم خواب فراموشی بکنم. اگر این فراموشی ممکن می‌شد؛ اگر می‌توانست دوام داشته باشد؛ اگر چشم‌هایم که به هم می‌رفت؛ در ورای خواب، آهسته در عدم صرف می‌رفت و هستی خودم را احساس نمی‌کردم؛ اگر ممکن بود در یک لکهٔ مرکب، در یک آهنگ موسیقی یا شعاع رنگین، تمام هستی‌ام ممزوج می‌شد و بعد از این امواج و اشکال، آن‌قدر بزرگ می‌شد و می‌دوانید که به کلی محو و ناپدید می‌شد؛ به آرزوی خود رسیده بودم.

کم‌کم حالت خمودت و کرختی به من دست داد. مثل یک نوع خستگی گوارا و یا امواج لطیفی بود که از تنم به بیرون تراوش می‌کرد. بعد حس کردم که زندگی من رو به قهقرا می‌رفت. مُتُدَرِجاً حالات و وقایع گذشته و یادگارهای پاک‌شده، فراموش‌شدهٔ زمان بچگی خودم را می‌دیدم. نه‌تنها می‌دیدم؛ بلکه در این گیرودارها شرکت داشتم و آن‌ها را حس می‌کردم و لحظه‌به‌لحظه کوچک‌تر و بچه‌تر می‌شدم. بعد ناگهان افکارم محو و تاریک شد. به نظرم آمد که تمام هستی من سر یک چنگک باریک آویخته شده و در ته چاه عمیق و تاریکی آویزان بودم. بعد از سر چنگک‌ها رها شدم. می‌لغزیدم و دور می‌شدم؛ ولی به هیچ مانعی برنمی‌خوردم. یک پرتگاه بی‌پایان در یک شب جاودانی بود. بعد از آن پرده‌های محو و پاک شده، پی‌درپی جلو چشمم نقش می‌بست. یک لحظه فراموشی محض را طی کردم. وقتی که به خودم آمدم؛ یک مرتبه خودم را در اطاق کوچکی

دیدم و به وضع مخصوصی بودم که به نظرم غریب می‌آمد و در عین حال برایم طبیعی بود.

در دنیای جدیدی که بیدار شده بودم؛ محیط و وضع آنجا کاملاً به من آشنا و نزدیک بود؛ به‌طوری که بیش از زندگی و محیط سابق خودم به آن انس داشتم. مثل اینکه انعکاس زندگی حقیقی من بود. یک دنیای دیگر، ولی به قدری به من نزدیک و مربوط بود که به نظرم می‌آمد در محیط اصلی خودم برگشته‌ام. در یک دنیای قدیمی، اما در عین حال نزدیک‌تر و طبیعی‌تر متولد شده بودم.

هوا هنوز گرگ‌ومیش بود. یک پیه‌سوز سر طاقچهٔ اطاقم می‌سوخت. یک رختخواب هم گوشهٔ اطاق افتاده بود؛ ولی من بیدار بودم. حس می‌کردم که تنم داغ است و لکه‌های خون به عبا و شال‌گردنم چسبیده بود. دست‌هایم خونین بود؛ اما با وجود تب و دَوارِ سر، یک نوع اضطراب و هیجان مخصوصی در من تولید شده بود که شدیدتر از فکر محو کردن آثار خون بود. قوی‌تر از این بود که داروغه بیاید و مرا دستگیر بکند. وانگهی مدت‌ها بود که منتظر بودم به دست داروغه بیفتم؛ ولی تصمیم داشتم که قبل از دستگیر شدنم؛ پیالهٔ شراب زهرآلود را که سر رَف بود؛ به یک جرعه بنوشم. این احتیاج نوشتن بود که برایم یک‌جور وظیفهٔ اجباری شده بود. می‌خواستم این دیوی که مدت‌ها بود؛ درون مرا شکنجه می‌کرد؛ بیرون بکشم. می‌خواستم دل‌پُری خودم را روی کاغذ بیاورم. بالاخره بعد از اندکی تردید، پیه‌سوز را جلو کشیدم و این‌طور شروع کردم:

من همیشه گمان می‌کردم که خاموشی بهترین چیزها است. گمان می‌کردم که بهتر است آدم مثل پرندگان کنار دریا بال و پر خود را بگستراند و تنها بنشیند؛ ولی حالا دیگر دست خودم نیست؛ چون آنچه که نباید بشود؛ شد. کی می‌داند؛ شاید همین الآن یا یک ساعت دیگر، یک دسته گزمهٔ مست برای دستگیر کردنم بیایند. من هیچ مایل نیستم که لاشهٔ خودم را نجات بدهم. به‌علاوه جای انکار هم باقی نمانده. بر فرض هم که لکه‌های خون را محو بکنم؛ ولی قبل از اینکه به دست آن‌ها بیفتم؛ یک پیاله از آن بغلی شراب ـ از شراب موروثی خودم ـ که سر رف گذاشته‌ام؛ خواهم خورد.

حالا می‌خواهم سرتاسر زندگی خودم را مانند خوشهٔ انگور در دستم بفشارم و عصارهٔ آن را، نه، شراب آن را، قطره‌قطره در گلوی خشک سایه‌ام، مثل آب تربت بچکانم. فقط می‌خواهم پیش از آن که بروم؛ دردهایی که مرا خرده‌خرده مانند خوره یا سَلعه[۱]، گوشهٔ این اطاق خورده است؛ روی کاغذ بیاورم؛ چون به این وسیله بهتر می‌توانم افکار خودم را مرتب و منظم بکنم. آیا مقصودم نوشتن وصیت‌نامه است؟ هرگز؛ چون نه مال دارم که دیوان بخورد و نه دین دارم که شیطان ببرد! وانگهی چه چیزی روی زمین می‌تواند برایم کوچک‌ترین ارزش را داشته باشد؟ آنچه که زندگی بوده است؛ از دست داده‌ام. گذاشتم و خواستم از دستم برود و بعد از آن که من می‌رفتم، به درک. می‌خواهد کسی کاغذپاره‌های مرا بخواند؛ می‌خواهد هفتاد سال سیاه هم نخواند. من فقط برای این احتیاج به نوشتن ـ که عجالتاً برایم

---

۱. جوش، توده‌ای که در زیر پوست بدن پیدا شود.

ضروری شده است . می‌نویسم. من محتاجم. بیش از پیش محتاجم که افکار خودم را به موجود خیالی خودم، به سایهٔ خودم، ارتباط بدهم. این سایهٔ شومی که جلو روشنایی پیه‌سوز روی دیوار خم شده و مثل این است که آنچه که می‌نویسم؛ به دقت می‌خواند و می‌بلعد. این سایه حتماً بهتر از من می‌فهمد! فقط با سایهٔ خودم خوب می‌توانم حرف بزنم. اوست که مرا وادار به حرف زدن می‌کند. فقط او می‌تواند مرا بشناسد. او حتماً می‌فهمد... می‌خواهم عصاره، نه، شراب تلخ زندگی خودم را چکه‌چکه در گلوی خشک سایه‌ام چکانیده، به او بگویم: «این زندگی من است!»

هرکس دیروز مرا دیده، جوان شکسته و ناخوشی دیده است؛ ولی امروز پیرمرد قوزی می‌بیند که موهای سفید، چشم‌های واسوخته و لب شکری دارد. من می‌ترسم از پنجرهٔ اطاقم به بیرون نگاه بکنم. در آینه به خودم نگاه بکنم. چون همه‌جا سایه‌های مضاعف خودم را می‌بینم؛ اما برای اینکه بتوانم زندگی خود را برای سایهٔ خمیده‌ام شرح بدهم؛ باید یک حکایت نقل بکنم. اوه، چقدر حکایت‌هایی راجع به ایام طفولیت، راجع به عشق، جماع، عروسی و مرگ وجود دارد و هیچ‌کدام حقیقت ندارد! من از قصه‌ها و عبارت‌پردازی خسته شده‌ام.

من سعی خواهم کرد که این خوشه را بفشارم؛ ولی آیا در آن کمترین اثر از حقیقت وجود خواهد داشت یا نه؟ این را دیگر نمی‌دانم. من نمی‌دانم کجا هستم و این تکه آسمان بالای سرم یا این چند وجب زمینی که رویش

نشسته‌ام؛ مال نیشابور یا بلخ و یا بنارس است. در هر صورت، من به هیچ چیز اطمینان ندارم.

من از بس چیزهای متناقض دیده و حرف‌های جوربه‌جور شنیده‌ام و از بس که دید چشم‌هایم روی سطح اشیای مختلف سابیده شده، این قشر نازک و سختی که روح پشت آن پنهان است، حالا هیچ چیز را باور نمی‌کنم. به ثقل و ثبوت اشیا، به حقایق آشکار و روشن، همین الآن هم شک دارم! نمی‌دانم اگر انگشتانم را به هاون سنگی گوشهٔ حیاطمان بزنم و از او بپرسم: «آیا ثابت و محکم هستی؟» در صورت جواب مثبت، باید حرف او را باور کنم یا نه؟

آیا من موجود مجزّا و مشخّص هستم؟ نمی‌دانم؛ ولی حالا که در آینه نگاه کردم؛ خودم را نشناختم. نه، آن «مِن» سابق مُرده است. تجزیه شده؛ ولی هیچ سد و مانعی بین ما وجود ندارد. باید حکایت خودم را نقل بکنم؛ ولی نمی‌دانم باید از کجا شروع کرد؛ سرتاسر زندگی قصه و حکایت است. باید خوشهٔ انگور را بفشارم و شیرهٔ آن را قاشق‌قاشق در گلوی خشک این سایهٔ پیر بریزم.

آیا از کجا باید شروع کرد؟ چون همهٔ فکرهایی که عجالتاً در کله‌ام می‌جوشد؛ مال همین الآن است. ساعت و دقیقه و تاریخ ندارد. یک اتفاق دیروز ممکن است؛ برای من کهنه‌تر و بی‌تأثیرتر از یک اتفاق هزار سال پیش باشد.

شاید از آنجایی که همهٔ روابط من با دنیای زنده‌ها بُریده شده؛ یادگارهای گذشته جلوم نقش می‌بندد. گذشته، آینده، ساعت، روز، ماه و سال همه برایم یکسان است. مراحل مختلف بچگی و پیری برای من، جُز حرف‌های پوچ چیز دیگری نیست. فقط برای مردمان معمولی، برای رجّاله‌ها، رجّالهٔ با تشدید، همین لغت را می‌جستم. برای رجّاله‌هایی که زندگی آن‌ها موسم و حد معینی دارد؛ مثل فصل‌های سال و در منطقهٔ معتدل زندگی واقع شده است؛ صدق می‌کند؛ ولی زندگی من، همه‌اش یک فصل و یک حالت داشته. مثل این است که در یک منطقهٔ سردسیر و در تاریکی جاودانی گذشته است؛ در صورتی که میان تنم همیشه یک شعله می‌سوزد و مرا مثل شمع، آب می‌کند.

میان چهار دیواری که اطاق مرا تشکیل می‌دهد و حصاری که دور زندگی و افکار من کشیده، زندگی من مثل شمع خُرده‌خُرده آب می‌شود؛ نه، اشتباه می‌کنم؛ مثل یک کندهٔ هیزم تر است که گوشهٔ دیگدان افتاده و به آتش هیزم‌های دیگر برشته و زغال شده؛ ولی نه سوخته است و نه تر و تازه مانده؛ فقط از دود و دم دیگران خفه شده. اطاقم مثل همهٔ اطاق‌ها با خشت و آجر روی خرابهٔ هزاران خانه‌های قدیمی ساخته شده؛ بدنهٔ سفید کرده و یک حاشیه کتیبه دارد. درست شبیه مقبره است. کمترین حالات و جزئیات اطاقم کافی است که ساعت‌های دراز، فکر مرا به خودش مشغول بکند؛ مثل کارتنک[1] کُنج دیوار. چون از وقتی که بستری شده‌ام؛ به کارهایم کمتر

---

۱. عنکبوت

رسیدگی می‌کنند. میخ طویله‌ای که به دیوار کوبیده شده؛ جای نَنوی من و زنم بوده و شاید بعدها هم، وزن بچه‌های دیگر را متحمل شده است. کمی پایین میخ، از گچ دیوار، یک تخته وَر آمده و از زیرش بوی اشیا و موجوداتی که سابق بر این در این اطاق بوده‌اند؛ استشمام می‌شود؛ به‌طوری که تاکنون هیچ جریان و بادی نتوانسته است این بوهای سمج، تنبل و غلیظ را پر بکند؛ بوی عرق تن، بوی ناخوشی‌های قدیمی، بوهای دهن، بوی پا، بوی تند شاش، بوی روغن خراب شده، حصیر پوسیده، خاگینهٔ سوخته، بوی پیاز داغ، بوی جوشانده، بوی پنیرک و مامازی بچه، بوی اطاق پسری که تازه تکلیف شده، بخارهایی که از کوچه آمده و بوهای مُرده یا در حال نَزع که همهٔ آن‌ها هنوز زنده هستند و علامت مشخصهٔ خود را نگه داشته‌اند. خیلی بوهای دیگر هم هست که اصل و منشأ آن‌ها معلوم نیست، ولی اثر خود را باقی گذاشته‌اند.

اتاقم یک پستوی تاریک و دو دریچه با خارج، با دنیای رجّاله‌ها دارد. یکی از آن‌ها رو به حیاط خودمان باز می‌شود و دیگری رو به کوچه است و از آنجا مرا مربوط با شهر ری می‌کند؛ شهری که عروس دنیا می‌نامند و هزاران کوچه و پس‌کوچه و خانه‌های توسری‌خورده و مدرسه و کاروان‌سرا دارد. شهری که بزرگ‌ترین شهر دنیا به شمار می‌آید؛ پشت اطاق من نفس می‌کشد و زندگی می‌کند. اینجا گوشهٔ اطاقم، وقتی که چشم‌هایم را به هم می‌گذارم؛ سایه‌های محو و مخلوط شهر، آنچه که در من تأثیر کرده با کوشک‌ها، مسجدها و باغ‌هایش، همه جلو چشمم مجسّم می‌شود.

این دو دریچه مرا با دنیای خارج، با دنیای رجّاله‌ها مربوط می‌کند.

ولی در اطاقم یک آینه به دیوار است که صورت خودم را در آن می‌بینم و در زندگی محدود من، این آینه مهم‌تر از دنیای رجّاله‌ها است که با من هیچ ربطی ندارد.

از تمام منظره‌های شهر، دکان قصابی حقیری جلو دریچهٔ اطاق من است که روزی دو گوسفند به مصرف می‌رساند. هر دفعه که از دریچه به بیرون نگاه می‌کنم؛ مرد قصاب را می‌بینم. هر روز صبح زود، دو یابوی سیاه لاغر، یابوهای تب لازمی که سرفه‌های عمیق خشک می‌کنند و دست‌های خشکیدهٔ آن‌ها منتهی به سم شده، مثل اینکه مطابق یک قانون وحشی، دست‌های آن‌ها را بریده و در روغن داغ فروکرده‌اند و دو طرفشان لش گوسفند آویزان شده، جلوی دکان می‌آورند. مرد قصاب دست چرب خود را به ریش حنا بسته‌اش می‌کشد. اول لاشهٔ گوسفندها را با نگاه خریداری وارانداز می‌کند. بعد دو تا از آن‌ها را انتخاب می‌کند. دنبهٔ آن‌ها را با دستش وزن می‌کند. بعد می‌بُرد و به چنگک دکانش می‌آویزد. یابوها نفس‌زنان به راه می‌افتند. آن‌وقت قصاب، این جسدهای خون‌آلود را با گردن‌های بریده، چشم‌های رک زده و پلک‌های خون‌آلود که از میان کاسهٔ سر کبودشان درآمده است؛ نوازش می‌کند؛ دست‌مالی می‌کند. بعد یک گزلیک[1] دسته استخوانی برمی‌دارد؛ تن آن‌ها را به دقت تکه‌تکه می‌کند و گوشت لُخم را با

---

۱. چاقوی نوک تیز شبیه به کارد

تبسم به مشتریانش می‌فروشد. تمام این کارها را با چه لذتی انجام می‌دهد! من مطمئنم یک‌جور کیف و لذت هم می‌برد. آن سگ زرد گردن‌کلفت هم که محله‌مان را قُرُق کرده و همیشه با گردن کج و چشم‌های بی‌گناه، نگاه حسرت‌آمیز به دست قصاب می‌کند؛ آن سگ هم همهٔ این‌ها را می‌داند. آن سگ هم می‌داند که قصاب از شغل خودش لذت می‌برد!

کمی دورتر زیر یک طاقی، پیرمرد عجیبی نشسته که جلویش بساطی پهن است. توی سفرهٔ او یک دسته غاله[1]، دو تا نعل، چند جور مهرهٔ رنگین، یک گزلیک، یک تله موش، یک گازانبر زنگ‌زده، یک آب‌دوات‌کن، یک شانهٔ دندانه شکسته، یک بیلچه و یک کوزهٔ لعابی گذاشته که رویش را با دستمال چرک انداخته. ساعت‌ها، روزها، ماه‌ها من از پشت دریچه به او نگاه کرده‌ام. همیشه با شال‌گردن چرک، عبای ششتری، یخهٔ باز که از میان او پشم‌های سفید سینه‌اش بیرون زده با پلک‌های واسوخته که ناخوشی سمج و بی‌حیایی آن را می‌خورد و طلسمی که به بازویش بسته، به یک حالت نشسته است. فقط شب‌های جمعه با دندان‌های زرد و افتاده‌اش قرآن می‌خواند. گویا از همین راه نان خودش را درمی‌آورد. چون من ندیدم کسی از او چیزی بخرد. مثل این است که در کابوس‌هایی که دیده‌ام؛ اغلب صورت این مرد در آن‌ها بوده است. آیا پشت این کلهٔ مازویی و تراشیدهٔ او که دورش عمامهٔ شیر و شکری پیچیده؛ پشت پیشانی کوتاه او، چه افکار سمج و احمقانه‌ای مثل علف هرز روییده است؟ گویا سفرهٔ روبروی پیرمرد

---

۱. داس کوچک

و بساط خِنزرِپنزرِ او با زندگی‌اش رابطهٔ مخصوص دارد. چندبار تصمیم گرفتم بروم با او حرف بزنم و یا چیزی از بساطش بخرم؛ اما جرأت نکردم.

دایه‌ام به من گفت: «این مرد در جوانی کوزه‌گر بوده و فقط همین یک دانه کوزه را برای خودش نگاه داشته و حالا از خرده‌فروشی نان خودش را درمی‌آورد».

این‌ها رابطهٔ من با دنیای خارجی بود؛ اما از دنیای داخلی: فقط دایه‌ام و یک زن لکاته برایم مانده بود. ولی ننجون دایهٔ او هم هست. دایهٔ هر دومان است؛ چون نه‌تنها من و زنم خویش و قوم نزدیک بودیم؛ بلکه ننجون هر دومان را با هم شیر داده بود. اصلاً مادر او، مادر من هم بود؛ چون من اصلاً مادر و پدرم را ندیده‌ام و مادر او، آن زن بلندبالا که موهای خاکستری داشت؛ مرا بزرگ کرد. مادر او بود که مثل مادرم دوستش داشتم و برای همین علاقه بود که دخترش را به زنی گرفتم.

از پدر و مادرم چند جور حکایت شنیده‌ام؛ فقط یکی از این حکایت‌ها که ننجون برایم نقل کرد؛ پیش خودم تصور می‌کنم باید حقیقی باشد. ننجون برایم گفت که پدر و عمویم برادر دوقلو بوده‌اند. هر دوی آن‌ها یک شکل، یک قیافه و یک اخلاق داشته‌اند و حتی صدایشان یک‌جور بوده؛ به‌طوری که تشخیص آن‌ها از یکدیگر کار آسانی نبوده است. علاوه‌بر این، یک رابطهٔ معنوی و حس همدردی هم بین آن‌ها وجود داشته است؛ به این معنی که اگر یکی از آن‌ها ناخوش می‌شده، دیگری هم ناخوش می‌شده است. به قول مردم، مثل سیبی که نصف کرده باشند. بالاخره هر دوی آن‌ها شغل تجارت

را پیش می‌گیرند و در سن بیست سالگی به هندوستان می‌روند و اجناس
ری را از قبیل پارچه‌های مختلف مثل منیره، پارچهٔ گلدار، پارچهٔ پنبه‌ای،
جُبّه، شال، سوزن، ظروف سفالی، گِل سرشور و جلد قلمدان به هندوستان
می‌بردند و می‌فروختند. پدرم در شهر بنارس بوده و عمویم را به شهرهای
دیگر هند برای کارهای تجارتی می‌فرستاده. بعد از مدتی، پدرم عاشق یک
دختر باکره، بوگام‌داسی، رقاص معبد لینگم پوجه می‌شود. کار این دختر،
رقص مذهبی جلو بت بزرگ لینگم و خدمت بتکده بوده است. یک دختر
خون‌گرم زیتونی با پستان‌های لیمویی، چشم‌های درشت مورّب، ابروهای
باریک به‌هم‌پیوسته که میانش را خال سرخ می‌گذاشته.

حالا می‌توانم پیش خودم تصورش را بکنم که بوگام‌داسی، یعنی مادرم، با
ساری ابریشمی رنگین زردوزی، سینهٔ باز، سربند دیبا، گیسوی سنگین
سیاهی که مانند شب ازلی تاریک و در پشت سرش گره زده بود؛ النگوهای
مچ پا و مچ دستش، حلقهٔ طلایی که از پرهٔ بینی گذرانده بود؛ چشم‌های
درشت سیاه خمار و مورّب، دندان‌های برّاق با حرکات آهستهٔ موزونی که به
آهنگ سه تار و تنبک و تنبور و سنج و کرنا می‌رقصیده؛ یک آهنگ ملایم و
یکنواخت که مردهای لخت شالمه بسته می‌زده‌اند؛ آهنگ پرمعنی که همهٔ
اسرار جادوگری و خرافات و شهوت‌ها و دردهای مردم هند در آن مختصر
و جمع شده بوده و به وسیلهٔ حرکات متناسب و اشارات شهوت‌انگیز
حرکات مقدس . بوگام‌داسی مثل برگ گل باز می‌شده؛ لرزشی به طول
شانه و بازوهایش می‌داده؛ خم می‌شده و دوباره جمع می‌شده است. این

حرکات که مفهوم مخصوصی دربرداشته و بدون زبان حرف می‌زده است؛ چه تأثیری ممکن است در پدرم کرده باشد. مخصوصاً بوی عرق گس و یا فلفلی او که مخلوط با عطر موگرا و روغن صندل می‌شده؛ به مفهوم شهوتی این منظره می‌افزوده است. عطری که بوی شیرهٔ درخت‌های دوردست را دارد و به احساسات دور و خفه شده جان می‌دهد. بوی مِجری[۱] دوا، بوی دواهایی که در اطاق بچه‌داری نگه می‌دارند و از هند می‌آید؛ روغن‌های ناشناس سرزمینی که پر از معنی و آداب و رسوم قدیم است. لابد بوی جوشانده‌های مرا می‌داده. همهٔ این‌ها یادگاری‌های دور و کشته شدهٔ پدرم را بیدار کرده. پدرم به قدری شیفتهٔ بوگام‌داسی می‌شود که به مذهب دختر رقاص ـ به مذهب لینگم ـ می‌گرود؛ ولی پس از چندی که دختر آبستن می‌شود؛ او را از خدمت معبد بیرون می‌کنند.

من تازه به دنیا آمده بودم که عمویم از مسافرت خود به بنارس برمی‌گردد؛ ولی مثل اینکه سلیقه و عشق او هم با سلیقهٔ پدرم جور می‌آمده. یک دل نه، صد دل عاشق مادر من می‌شود و بالاخره او را گول می‌زند؛ چون شباهت ظاهری و معنوی که با پدرم داشته، این کار را آسان می‌کند. همین که قضیه کشف می‌شود؛ مادرم می‌گوید که هر دو آن‌ها را ترک خواهد کرد؛ مگر به این شرط که پدر و عمویم آزمایش مارناگ را بدهند و هرکدام از آن‌ها که زنده بمانند؛ به او تعلق خواهد داشت.

---

۱. صندوقچه

آزمایش از این قرار بوده که پدر و عمویم را بایستی در یک اطاق تاریک مثل سیاه‌چال با یک مارناگ بیندازند و هر یک از آن‌ها که او را مار گزید؛ طبیعتاً فریاد می‌زند؛ آن وقت مارافسا در اطاق را باز می‌کند و دیگری را نجات می‌دهد و بوگام‌داسی به او تعلق می‌گیرد.

قبل از اینکه آن‌ها را در سیاه‌چال بیندازند؛ پدرم از بوگام‌داسی خواهش می‌کند که یک بار دیگر جلو او برقصد؛ رقص مقدس معبد را بکند. او هم قبول می‌کند و به آهنگ نی‌لبک مارافسا جلو روشنایی مشعل با حرکات پرمعنی موزون و لغزنده می‌رقصد و مثل مارناگ پیچ و تاب می‌خورد. بعد پدر و عمویم را در اطاق مخصوصی با مارناگ می‌اندازند. عوض فریاد اضطراب‌انگیز، یک نالهٔ مخلوط با خندهٔ چندشناکی بلند می‌شود؛ یک فریاد دیوانه‌وار. در را که باز می‌کنند؛ عمویم از اطاق بیرون می‌آید؛ ولی صورتش پیر و شکسته و موهای سرش از شدت بیم و هراس صدای لغزش و سوت مار خشمگین که چشم‌های گرد و شرربار و دندان‌های زهرآگین داشته و بدنش مرکّب بوده از یک گردن دراز که منتهی به یک برجستگی شبیه به قاشق و سر کوچک می‌شده، از شدت وحشت، عمویم با موهای سفید از اطاق خارج می‌شود. مطابق شرط و پیمان، بوگام‌داسی متعلق به عمویم می‌شود. یک چیز وحشتناک، معلوم نیست کسی که بعد از آزمایش زنده بوده، پدرم و یا عمویم بوده است.

چون در نتیجهٔ این آزمایش، اختلال فکری برایش پیدا شده بوده، زندگی سابق خود را به کلی فراموش کرده و بچه را نمی‌شناخته. از این رو تصور

کرده‌اند که عمویم بوده است. آیا همهٔ این افسانه مربوط به زندگی من نیست؟ آیا انعکاس این خندهٔ چندش‌انگیز و وحشت این آزمایش، تأثیر خودش را در من نگذاشته و مربوط به من نمی‌شود؟

از این به بعد من به جز یک نان‌خور زیادی و بیگانه چیز دیگری نبوده‌ام. بالاخره عمو یا پدرم برای کارهای تجارتی خودش با بوگام‌داسی به شهر ری برمی‌گردد و مرا می‌آورد به دست خواهرش که عمهٔ من باشد، می‌سپارد.

دایه‌ام گفت وقت خداحافظی، مادرم یک بغلی شراب ارغوانی که در آن زهر دندان ناگ مار هندی حل شده بود؛ برای من به دست عمه‌ام می‌سپارد. آیا یک بوگام‌داسی چه چیز بهتری می‌تواند به رسم یادگار برای بچه‌اش بگذارد؟ شراب ارغوانی اکسیر مرگ که آسودگی همیشگی می‌بخشد. شاید او هم زندگی خودش را مثل خوشهٔ انگور فشرده و شرابش را به من بخشیده بود. از همان زهری که پدرم را کشت. حالا می‌فهمم چه سوغات گران‌بهایی داده است!

آیا مادرم زنده است؟ شاید الآن که من مشغول نوشتن هستم؛ او در میدان یک شهر دوردست هند، جلو روشنایی مشعل مثل مار پیچ و تاب می‌خورد و می‌رقصد؛ مثل اینکه مارناگ او را گزیده باشد و زن و بچه و مردهای کنجکاو و لخت، دور او حلقه زده‌اند؛ درحالی‌که پدر یا عمویم با موهای سفید، قوزکرده، کنار میدان نشسته به او نگاه می‌کند و یاد سیاه‌چال، صدای سوت و لغزش مار خشمناک افتاده که سر خود را بلند می‌گیرد؛

چشم‌هایش برق می‌زند؛ گردنش مثل کفچه می‌شود و خطی که شبیه عینک است؛ پشت گردنش به رنگ خاکستری تیره نمودار می‌شود.

به‌هرحال، من بچهٔ شیرخوار بودم که در بغل همین ننجون گذاشتند و ننجون، دخترعمه‌ام، همین زن لکاتهٔ مرا هم شیر می‌داده است و من زیر دست عمه‌ام، آن زن بلندبالا که موهای خاکستری روی پیشانی‌اش بود؛ در همین خانه با دخترش، همین لکاته، بزرگ شدم.

از وقتی که خودم را شناختم، عمه‌ام را به جای مادر خودم گرفتم و او را دوست داشتم. به قدری او را دوست داشتم که دخترش، همین خواهر شیری خودم را، بعدها چون شبیه او بود، به زنی گرفتم.

یعنی مجبور شدم او را بگیرم. فقط یک بار این دختر خودش را به من تسلیم کرد. هیچ‌وقت فراموش نخواهم کرد. آن هم سر بالین مادر مرده‌اش بود. خیلی از شب گذشته بود.، من برای آخرین وداع همین که همهٔ اهل خانه به خواب رفتند؛ با پیراهن و زیرشلواری بلند شدم. در اطاق مرده رفتم. دیدم دو شمع کافوری بالای سرش می‌سوخت. یک قرآن روی شکمش گذاشته بودند؛ برای اینکه شیطان در جسمش حلول نکند. پارچهٔ روی صورتش را که پس زدم؛ عمه‌ام را با آن قیافهٔ باوقار و گیرنده‌اش دیدم. مثل اینکه همهٔ علاقه‌های زمینی در صورت او به تحلیل رفته بود. یک حالتی که مرا وادار به کرنش می‌کرد. ولی در عین حال، مرگ به نظرم اتفاق معمولی و طبیعی آمد. لبخند تمسخرآمیزی گوشهٔ لب او خشک شده بود. خواستم دستش را ببوسم و از اطاق خارج شوم؛ ولی رویم را که برگردانیدم؛ با تعجب دیدم

همین لکاته که حالا زنم است، وارد شد و روبه‌روی مادر مرده، مادرش، با چه حرارتی خودش را به من چسبانید. مرا به سوی خودش می‌کشید و چه بوسه‌های آبداری از من کرد! من از زور خجالت می‌خواستم به زمین فروبروم. اما تکلیفم را نمی‌دانستم. مرده با دندان‌های ریک‌زده‌اش مثل این بود که ما را مسخره کرده بود. به نظرم آمد که حالت لبخند آرام مرده عوض شده بود. من بی‌اختیار، او را در آغوش کشیدم و بوسیدم؛ ولی در این لحظه پردهٔ اطاق مجاور پس رفت و شوهرعمه‌ام، پدر همین لکاته قوز کرده و شال‌گردن بسته وارد اطاق شد.

خندهٔ خشک و زنندهٔ چندش‌انگیزی کرد. مو به تن آدم راست می‌شد؛ به‌طوری که شانه‌هایش تکان می‌خورد؛ ولی به طرف ما نگاه نکرد. من از زور خجالت می‌خواستم به زمین فروروم و اگر می‌توانستم یک سیلی محکم به صورت مرده می‌زدم که به حالت تمسخرآمیز به ما نگاه می‌کرد. چه ننگی! هراسان از اطاق بیرون دویدم؛ برای خاطر همین لکاته. شاید این کار را جور کرده بود تا مجبور بشوم او را بگیرم.

با وجود اینکه خواهر برادر شیری بودیم؛ برای اینکه آبروی آن‌ها به باد نرود؛ مجبور بودم که او را به زنی اختیار کنم؛ چون این دختر باکره نبوده. این مطلب را هم نمی‌دانستم. من اصلاً نتوانستم بدانم. فقط به من رسانده بودند. همان شب عروسی، وقتی که توی اطاق تنها ماندیم. من هرچه التماس و درخواست کردم؛ به خرجش نرفت و لخت نشد. می‌گفت: «بی‌نمازم.» مرا اصلاً به طرف خودش راه نداد. چراغ را خاموش کرد و رفت آن

طرف اطاق خوابید. مثل بید به خودش می‌لرزید. انگار که او را در سیاه‌چال با یک اژدها انداخته بودند. کسی باور نمی‌کند؛ باورکردنی هم نیست. او نگذاشت که من یک ماچ از روی لب‌هایش بکنم. شب دوم هم من رفتم سر جای شب اول، روی زمین خوابیدم و شب‌های بعد هم از همین قرار جرأت نمی‌کردم. بالاخره مدت‌ها گذشت که من آن طرف اطاق روی زمین می‌خوابیدم. کی باور می‌کند؟ دو ماه، نه دو ماه و چهار روز دور از او روی زمین خوابیدم و جرأت نمی‌کردم؛ نزدیکش بروم.

او قبلاً آن دستمال پرمعنی را درست کرده بود. خون کبوتر به آن زده بود. نمی‌دانم. شاید همان دستمالی بود که از شب اول عشق‌بازی خودش نگه داشته بود؛ برای اینکه بیشتر مرا مسخره بکند؛. آن‌وقت، همه به من تبریک می‌گفتند؛ به هم چشمک می‌زدند و لابد توی دلشان می‌گفتند: «یارو دیشب قلعه رو گرفته؟» و من به روی مبارکم نمی‌آوردم. به من می‌خندیدند؛ به خریت من می‌خندیدند. با خودم شرط کرده بودم که روزی همهٔ این‌ها را بنویسم.

بعد از آن که فهمیدم او فاسق‌های جفت و تاق دارد و شاید به علت اینکه آخوند چند کلمه عربی خوانده بود و او را در تحت اختیار من گذاشته بود؛ از من بدش می‌آمد . شاید می‌خواست آزاد باشد . بالاخره یک شب تصمیم گرفتم که به زور پهلویش بروم. تصمیم خودم را عملی کردم؛ اما بعد از کشمکش سخت، او بلند شد و رفت و من فقط خودم را راضی کردم؛ آن شب در رختخوابش که حرارت تن او به جسم آن فرورفته بود و بوی او را

می‌داد؛ بخوابم و غلت بزنم. تنها خواب راحتی که کردم همان شب بود. از آن شب به بعد، اطاقش را از اتاق من جدا کرد.

شب‌ها وقتی که وارد خانه می‌شدم؛ او هنوز نیامده بود. نمی‌دانستم که آمده یا نه. اصلاً نمی‌خواستم که بدانم؛ چون من محکوم به تنهایی، محکوم به مرگ بوده‌ام. خواستم به هر وسیله‌ای شده با فاسق‌های او رابطه پیدا بکنم. این را دیگر کسی باور نخواهد کرد! از هرکسی که شنیده بودم خوشش می‌آمد؛ کشیک می‌کشیدم. می‌رفتم هزار جور خفّت و مذلّت به خودم هموار می‌کردم؛ با آن شخص آشنا می‌شدم؛ تملقش را می‌گفتم و او را برایش غُر می‌زدم و می‌آوردم. آن هم چه فاسق‌هایی: سیرابی‌فروش، فقیه، جگرکی، رئیس داروغه، مُفتی، سوداگر، فیلسوف که اسم‌ها و القابشان فرق می‌کرد؛ ولی همه شاگرد کله‌پز بودند. همهٔ آن‌ها را به من ترجیح می‌داد! با چه خفّت و خواری، خودم را کوچک و ذلیل می‌کردم. کسی باور نخواهد کرد. چون می‌ترسیدم زنم از دستم دربرود. می‌خواستم طرز رفتار، اخلاق و دلربایی را از فاسق‌های زنم یاد بگیرم؛ ولی جاکش بدبختی بودم که همهٔ احمق‌ها به ریشم می‌خندیدند. من اصلاً چطور می‌توانستم رفتار و اخلاق رجّاله‌ها را یاد بگیرم؟ حالا می‌دانم آن‌ها را دوست داشت؛ چون بی‌حیا، احمق و متعفّن[1] بودند. عشق او اصلاً با کثافت و مرگ توأم بود. آیا حقیقتاً من مایل بودم با او بخوابم. آیا صورت ظاهر او مرا شیفتهٔ خودش کرده بود یا تنفر او از من یا حرکات و اطوارش بود و یا علاقه و عشقی که از بچگی به مادرش

---

۱. بدبو، گندیده.

داشتم و با همهٔ این‌ها دست به یکی کرده بودند؟ نه، نمی‌دانم. تنها یک چیز را می‌دانم؛ این زن، این لکاته، این جادو، نمی‌دانم چه زهری در روح من، در هستی من ریخته بود که نه تنها او را می‌خواستم؛ بلکه تمام ذرات تنم، ذرات تن او را لازم داشت! فریاد می‌کشید که لازم دارد و آرزوی شدیدی می‌کردم که با او در جزیرهٔ گمشده‌ای باشم که آدمیزاد در آنجا وجود نداشته باشد. آرزو می‌کردم که یک زمین‌لرزه یا طوفان و یا صاعقهٔ آسمانی همهٔ این رجاله‌ها، که پشت دیوار اطاقم نفس می‌کشیدند، دوندگی می‌کردند و کیف می‌کردند؛ همه را می‌ترکانید و فقط من و او می‌ماندیم.

آیا آن وقت هم هر جانور دیگر، یک مار هندی یا یک اژدها، را به من ترجیح نمی‌داد؟ آرزو می‌کردم که یک شب را با او بگذرانم و با هم در آغوش هم می‌مردیم. به نظرم می‌آید که این نتیجهٔ عالی وجود و زندگی من بود.

مثل این بود که این لکاته از شکنجهٔ من کیف و لذت می‌برد. مثل اینکه دردی که مرا می‌خورد؛ کافی نبود! بالاخره من از کار و جنبش افتادم و خانه‌نشین شدم؛ مثل مردهٔ متحرک. هیچ‌کس از رمز میان ما خبر نداشت. دایهٔ پیرم که مونس مرگ تدریجی من شده بود؛ به من سرزنش می‌کرد؛ برای خاطر همین لکاته. پشت سرم، اطراف خودم می‌شنیدم که در گوشی به هم می‌گفتند: «این زن بیچاره چطور تحمل این شوور[1] دیوونه رو می‌کنه؟» حق به جانب آن‌ها بود؛ چون تا درجه‌ای که من ذلیل شده بودم، باورکردنی نبود.

---

۱. شوهر.

روزبه‌روز تراشیده شدم. خودم را که در آینه نگاه می‌کردم؛ گونه‌هایم سرخ و به رنگ گوشت جلو دکان قصابی شده بود. تنم پرحرارت و چشم‌هایم حالت خمار و غم‌انگیزی به خود گرفته بود.

از این حالت جدید خودم کیف می‌کردم و در چشم‌هایم غبار مرگ را دیده بودم. دیده بودم که باید بروم.

بالاخره حکیم‌باشی را خبر کردند. حکیم رجاله‌ها، حکیم خانوادگی که به قول خودش ما را بزرگ کرده بود! با عمامهٔ شیر و شکری و سه قبضه ریش وارد شد. او افتخار می‌کرد دوای قوّت باه[۱] به پدربزرگم داده؛ خاکشیر و نبات حلق من ریخته و فلوس به ناف عمه‌ام بسته است! باری، همین که آمد؛ سربالین من نشست. نبضم را گرفت؛ زبانم را دید؛ دستور داد شیر ماچه‌الاغ و ماشعیر بخورم و روزی دو مرتبه بخورِ کُندر و زَرنیخ بدهم. چند نسخهٔ بلندبالا هم به دایه‌ام سپرد که عبارت بود از جوشانده و روغن‌های عجیب و غریب از قبیل پرزوفا، زیتون، رُبِ سوس، کافور، پرسیاوشان، روغن بابونه، روغن غاز، تخم کتان، تخم صنوبر و مزخرفات دیگر!

حالم بدتر شد. فقط دایه‌ام، دایهٔ او هم بود، با صورت پیر و موهای خاکستری، گوشه‌ی اطاق، کنار بالین من می‌نشست. به پیشانی‌ام آب سرد می‌زد و جوشانده برایم می‌آورد. از حالات و اتفاقات بچگی من و آن لکاته صحبت می‌کرد. مثلاً او به من گفت که زنم از توی نَنو عادت داشته

---

۱. نیروی شهوت.

همیشه ناخن دست چپش را می‌جویده. به قدری می‌جویده که زخم می‌شده و گاهی هم برایم قصّه نقل می‌کرد. به نظرم می‌آمد که این قصّه‌ها سن مرا به عقب می‌بُرد و حالت بچّگی در من تولید می‌کرد. چون مربوط به یادگاری‌های آن دوره بود؛ وقتی که خیلی کوچک بودم و در اطاقی که من و زنم توی ننو پهلوی هم خوابیده بودیم؛ یک ننوی بزرگ دو نفره. درست یادم هست؛ همین قصّه‌ها را می‌گفت. حالا بعضی از قسمت‌های این قصّه‌ها که سابق بر این باور نمی‌کردم، برایم امر طبیعی شده.

چون ناخوشی، دنیای جدیدی در من تولید کرد؛ یک دنیای ناشناس، محو و پر از تصویرها و رنگ‌ها و میل‌هایی که در حال سلامت نمی‌شود تصور کرد و گیرودارهای این متل‌ها را با کیف و اضطراب ناگفتنی در خودم حس می‌کردم. حس می‌کردم که بچه شده‌ام و همین الآن که مشغول نوشتن هستم؛ در احساسات شرکت می‌کنم. همهٔ این احساسات متعلق به الآن است و مال گذشته نیست.

گویا حرکاتِ، افکار، آرزوها و عادات مردمان پیشین که به توسط این مَتَل‌ها به نسل‌های بعدی انتقال داده شده؛ یکی از واجبات زندگی بوده است. هزاران سال است که همین حرف‌ها را زده‌اند. همین جماع‌ها را کرده‌اند. همین گرفتاری‌های بچه‌گانه را داشته‌اند. آیا سرتاسر زندگی، یک قصّهٔ مضحک، یک متل باورنکردنی و احمقانه نیست؟ آیا من افسانه و قصّهٔ خودم را نمی‌نویسم؟ قصّه، فقط یک راه فرار برای آرزوهای ناکام است. آرزوهایی که به آن نرسیده‌اند.

آرزوهایی که هر مَتَل‌سازی مطابق روحیهٔ محدود و موروثی خودش تصور کرده است.

کاش می‌توانستم مانند زمانی که بچه و نادان بودم؛ آهسته بخوابم؛ خواب راحت بی‌دغدغه! بیدار که می‌شدم؛ روی گونه‌هایم سرخ. به رنگ گوشت جلو دکان قصابی. شده بود. تنم داغ بود و سرفه می‌کردم؛ چه سرفه‌های عمیق ترسناکی! سرفه‌هایی که معلوم نبود از کدام چالهٔ گمشدهٔ تنم بیرون می‌آمد؛ مثل سرفهٔ یابوهایی که صبح زود لش گوسفند برای قصاب می‌آورند.

درست یادم است. هوا به کلی تاریک بود. چند دقیقه در حال اغما بودم. قبل از اینکه خوابم ببرد؛ با خودم حرف می‌زدم. در این موقع حس می‌کردم؛ حتم داشتم که بچه شده بودم و در ننو خوابیده بودم. حس کردم کسی نزدیک من است. خیلی وقت بود که همهٔ اهل خانه خوابیده بودند. نزدیک طلوع فجر بود و ناخوش‌ها می‌دانند در این موقع مثل این است که زندگی از سرحد دنیا بیرون کشیده می‌شود. قلبم به شدت می‌تپید؛ ولی ترسی نداشتم. چشم‌هایم باز بود؛ ولی کسی را نمی‌دیدم؛ چون تاریکی خیلی غلیظ و متراکم بود. چند دقیقه گذشت. یک فکر ناخوش برایم آمد؛ با خودم گفتم: «شاید اوست!» در همین لحظه حس کردم که دست خنکی روی پیشانی سوزانم گذاشته شد.

به خودم لرزیدم. دو سه بار از خودم پرسیدم: «آیا این دست عزراییل نبوده است؟» و به خواب رفتم. صبح که بیدار شدم؛ دایه‌ام گفت؛ دختر. مقصود، زنم، آن لکاته بود. آمده بود سر بالین من و سرم را روی زانویش گذاشته بود؛

مثل بچه مرا تکان می‌داده. گویا حس پرستاری مادری در او بیدار شده بود. کاش در همان لحظه مرده بودم. شاید آن بچه‌ای که آبستن بود، مُرده است. آیا بچهٔ او به دنیا آمده بود؟ من نمی‌دانستم.

در این اطاق که هر دَم برای من تنگ‌تر و تاریک‌تر از قبر می‌شد؛ دائم چشم به راه زنم بودم؛ ولی او هرگز نمی‌آمد. آیا از دست او نبود که به این راه افتاده بودم؟ شوخی نیست؛ سه سال، نه، دو سال و چهار ماه بود؛ ولی روز و ماه چیست؟ برای من معنی ندارد. برای کسی که در گور است؛ زمان معنی خودش را گم می‌کند. این اطاق، مقبرهٔ زندگی و افکارم بود. همهٔ دوندگی‌ها، صداها و همهٔ تظاهرات زندگی دیگران، زندگی رجّاله‌ها که همه‌شان جسماً و روحاً یک جور ساخته شده‌اند؛ برای من عجیب و بی‌معنی شده بود.

از وقتی که بستری شدم؛ در یک دنیای غریب و باورنکردنی بیدار شده بودم که احتیاجی به دنیای رجّاله‌ها نداشتم. یک دنیایی که در خودم بودم. یک دنیای پر از مجهولات و مثل این بود که مجبور بودم؛ همهٔ سوراخ‌سنبه‌های آن را سرکشی و وارسی بکنم.

شب، موقعی که وجود من در سرحد دو دنیا موج می‌زد؛ کمی قبل از دقیقه‌ای که در یک خواب عمیق و تهی غوطه‌ور بشوم؛ خواب می‌دیدم. به یک چشم‌به‌هم‌زدن، من زندگی دیگری به غیر از زندگی خودم را طی می‌کردم؛ در هوای دیگر نفس می‌کشیدم و دور بودم. مثل اینکه می‌خواستم از خودم بگریزم و سرنوشتم را تغییر بدهم. چشمم را که می‌بستم، دنیای حقیقی خودم به من ظاهر می‌شد. این تصویرها، زندگی مخصوص به خود

داشتند، آزادانه، محو و دوباره پدیدار می‌شدند. گویا ارادهٔ من در آن‌ها مؤثر نبود؛ ولی این مطلب مسلم هم نیست. مناظری که جلو من مجسّم می‌شد؛ خواب معمولی نبود؛ چون هنوز خوابم نبرده بود. من در سکوت و آرامش، این تصویرها را از هم تفکیک می‌کردم و با یکدیگر می‌سنجیدم. به نظرم می‌آمد که تا این موقع خودم را نشناخته بودم و دنیا آن‌طوری که تاکنون تصور می‌کردم؛ مفهوم و قوهٔ خود را از دست داده بود و به جایش، تاریکی شب فرمانروایی داشت؛ چون به من نیاموخته بودند که به شب نگاه بکنم و شب را دوست داشته باشم.

من نمی‌دانم در این وقت آیا بازویم به فرمانم بود یا نه. گمان می‌کردم اگر دستم را به اختیار خودش می‌گذاشتم . به وسیلهٔ تحریک مجهول و ناشناسی . خودبه‌خود به کار می‌افتاد؛ بی‌آنکه بتوانم در حرکات آن دخل و تصرفی داشته باشم. اگر دائم همهٔ تنم را مواظبت نمی‌کردم و بی‌اراده متوجه آن نبودم؛ قادر بود که کارهایی از آن سر بزند که هیچ انتظارش را نداشتم. این احساس از دیرزمانی در من پیدا شده بود که زنده‌زنده تجزیه می‌شدم. نه تنها جسمم، بلکه روحم همیشه با قلبم متناقض بود و با هم سازش نداشتند. همیشه یک نوع فَسخ و تجزیهٔ غریبی را طی می‌کردم. گاهی فکر چیزهایی را می‌کردم که خودم نمی‌توانستم باور بکنم. گاهی حس ترحم در من تولید می‌شد؛ در صورتی که عقلم به من سرزنش می‌کرد. اغلب با یک نفر که حرف می‌زدم یا کاری می‌کردم؛ راجع به موضوع‌های گوناگون داخل بحث می‌شدم؛ در صورتی که حواسم جای دیگر بود؛ به فکر دیگر بودم و

توی دلم به خودم ملامت می‌کردم. یک تودهٔ در حال فسخ و تجزیه بودم. گویا همیشه این‌طور بوده و خواهم بود، یک مخلوط نامتناسب عجیب...

چیزی که تحمل‌ناپذیر است؛ حس می‌کردم از همهٔ این مردمی که می‌دیدم و میانشان زندگی می‌کردم؛ دور هستم؛ ولی یک شباهت ظاهری، یک شباهت محو و دور و در عین حال نزدیک، مرا به آن‌ها مربوط می‌کرد. همین احتیاجات مشترک زندگی بود که از تعجب من می‌کاست. شباهتی که بیشتر از همه به من زجر می‌داد؛ این بود که رجّاله‌ها هم مثل من از این لکاته، از زنم، خوششان می‌آمد و او هم بیشتر به آن‌ها راغب بود. حتم دارم که نقصی در وجود یکی از ما بوده است.

اسمش را لکاته گذاشتم؛ چون هیچ اسمی به این خوبی رویش نمی‌افتاد. نمی‌خواهم بگویم: «زنم»، چون خاصیت زن و شوهری بین ما وجود نداشت و به خودم دروغ می‌گفتم. من همیشه از روز ازل او را لکاته نامیده‌ام؛ ولی این اسم کشش مخصوصی داشت. اگر او را گرفتم؛ برای این بود که اول او به طرف من آمد. آن هم از مکر و حیله‌اش بود. نه، هیچ علاقه‌ای به من نداشت. اصلاً چطور ممکن بود؛ او به کسی علاقه پیدا بکند؟ یک زن هوس‌باز که یک مرد را برای شهوت‌رانی، یکی را برای عشق‌بازی و یکی را برای شکنجه دادن لازم داشت. گمان نمی‌کنم که او به این تثلیث هم اکتفا می‌کرد؛ ولی مرا قطعاً برای شکنجه دادن انتخاب کرده بود و در حقیقت بهتر از این نمی‌توانست انتخاب بکند. اما من او را گرفتم؛ چون شبیه مادرش بود؛ چون یک شباهت محو و دور با خودم داشت. حالا او را نه‌تنها

دوست داشتم؛ بلکه همهٔ ذرات تنم او را می‌خواست. مخصوصاً میان تنم؛ چون نمی‌خواهم احساسات حقیقی را زیر لفاف موهوم عشق و علاقه و الهیات پنهان بکنم؛ چون هوزوارِشن[1] ادبی به دهنم مزه نمی‌کند. گمان می‌کردم که یک جور تشعشع یا هاله، مثل هاله‌ای که دور سر انبیا می‌کشند؛ میان بدنم موج می‌زد و هالهٔ میان بدن او را، لابد هالهٔ رنجور و ناخوش من می‌طلبید و با تمام قوا به طرف خودش می‌کشید.

حالم که بهتر شد؛ تصمیم گرفتم بروم. بروم خودم را گم بکنم. مثل سگِ خوره گرفته که می‌داند باید بمیرد. مثل پرندگانی که هنگام مرگشان پنهان می‌شوند. صبح زود بلند شدم. دو تا کلوچه که سر رف بود؛ برداشتم و به‌طوری که کسی ملتفت نشود؛ از خانه فرار کردم. از نکبتی که مرا گرفته بود؛ گریختم. بدون مقصود معینی از میان کوچه‌ها، بی‌تکلیف از میان رجّاله‌هایی که همهٔ آن‌ها، قیافهٔ طمّاع داشتند و دنبال پول و شهوت می‌دویدند؛ گذشتم. من احتیاجی به دیدن آن‌ها نداشتم؛ چون یکی از آن‌ها نمایندهٔ باقی دیگرشان بود؛ همهٔ آن‌ها یک دهن بودند که یک مشت روده به دنبال آن آویخته و منتهی به آلت تناسلی‌شان می‌شد.

ناگهان حس کردم که چالاک‌تر و سبک‌تر شده‌ام؛ عضلات پاهایم به تُندی و جَلدی مخصوصی که تصورش را نمی‌توانستم بکنم؛ به راه افتاده بود.

---

۱. در نوشته‌های پهلوی به واژه‌ها یا بخش‌هایی از یک واژه گفته می‌شود که به زبان آرامی و به خط پهلوی نوشته می‌شد؛ اما هنگام خواندن آن‌ها برابر پارسی میانه آن‌ها تلفظ می‌شد.

حس می‌کردم که از همهٔ قیدهای زندگی رسته‌ام. شانه‌هایم را بالا انداختم. این حرکت طبیعی من بود. در بچگی هر وقت از زیر بار زحمت و مسئولیتی آزاد می‌شدم؛ همین حرکت را می‌کردم.

آفتاب بالا می‌آمد و می‌سوزانید. در کوچه‌های خلوت افتادم؛ سر راهم خانه‌های خاکستری رنگ به اشکال هندسی عجیب و غریب: مکعب، منشور، مخروطی با دریچه‌های کوتاه و تاریک دیده می‌شد. این دریچه‌ها، بی‌در و بست، بی‌صاحب و موقت به نظر می‌آمدند. مثل این بود که هرگز یک موجود زنده نمی‌توانست در این خانه‌ها مسکن داشته باشد.

خورشید مانند تیغ طلایی از کنار سایهٔ دیوار می‌تراشید و برمی‌داشت. کوچه‌ها بین دیوارهای کهنهٔ سفید کرده، ممتد می‌شدند. همه‌جا آرام و گنگ بود؛ مثل اینکه همهٔ عناصر، قانون مقدس آرامش هوای سوزان، قانون سکوت مرا، مراعات کرده بودند. می‌آمد که در همه‌جا اسراری پنهان بود؛ به‌طوری که ریه‌هایم جرأت نفس کشیدن را نداشتند.

یک‌مرتبه ملتفت شدم که از راه دروازه خارج شده‌ام. حرارت آفتاب با هزاران دهن مکنده، عرق تن مرا بیرون می‌کشید. بتّه‌های صحرا، زیر آفتاب تابان، به رنگ زردچوبه درآمده بودند. خورشید مثل چشم تب‌دار، پرتو سوزان خود را از ته آسمان نثار منظرهٔ خاموش و بی‌جان می‌کرد. ولی خاک و گیاه‌های اینجا بوی مخصوصی داشت. بوی آن به‌قدری قوی بود که از استشمام آن، به یاد دقیقه‌های بچگی خودم افتادم. نه تنها حرکات و کلمات آن زمان را در خاطرم مجسم کرد؛ بلکه یک لحظه، آن دوره را در خودم حس

کردم. مثل اینکه دیروز اتفاق افتاده بود. یک نوع سرگیجهٔ گوارا به من دست داد؛ مثل اینکه دوباره در دنیای گمشده‌ای متولد شده بودم. این احساس، یک خاصیّت مست‌کننده داشت و مانند شراب کهنهٔ شیرین، در رگ و پِی من تا ته وجودم تأثیر می‌کرد. در صحرا، خارها، سنگ‌ها، تنهٔ درخت‌ها و بُتّه‌های کوچک کاکوتی را می‌شناختم. بوی خودمانی سبزه‌ها را می‌شناختم. یاد روزهای دوردست خودم افتادم؛ ولی همهٔ این یادبودها به طرز افسون‌مانندی از من دور شده بود و آن یادگارها با هم زندگی مستقلی داشتند. در صورتی که من شاهد دور و بیچاره‌ای بیش نبودم و حس می‌کردم که میان من و آن‌ها، گرداب عمیقی کنده شده بود. حس می‌کردم که میان من و آن‌ها، گرداب عمیقی کنده شده بود. حس می‌کردم که امروز دلم تُهی و بته‌ها عطر جادویی آن زمان را گم کرده بودند. درخت‌های سرو بیشتر فاصله پیدا کرده بودند. تپه‌ها خشک‌تر شده بودند. موجودی که آن وقت بودم؛ دیگر وجود نداشت و اگر حاضرش می‌کردم و با او حرف می‌زدم؛ نمی‌شنید و مطالب مرا نمی‌فهمید. صورت یک نفر آدمی را داشت که سابق برین با او آشنا بوده‌ام؛ ولی از من و جزو من نبود.

دنیا به نظرم یک خانهٔ خالی و غم‌انگیز آمد و در سینه‌ام، اضطرابی دَوَران می‌زد؛ مثل اینکه حالا مجبور بودم با پای برهنه، همهٔ اطاق‌های این خانه را سرکشی بکنم. از اطاق‌های تو در تو می‌گذشتم؛ ولی زمانی که به اطاق آخر در مقابل آن «لکاته» می‌رسیدم؛ درهای پشت سرم، خودبه‌خود بسته می‌شد

و فقط سایه‌های لرزان دیوارهایی که زاویهٔ آن‌ها محو شده بود. مانند کنیزان و غلامان سیاه‌پوست. در اطراف من پاسبانی می‌کردند.

نزدیک نهر سورِن که رسیدم، جلوم یک کوه خشک خالی پیدا شد. هیکل خشک و سخت کوه مرا به یاد دایه‌ام انداخت. نمی‌دانم چه رابطه‌ای بین آن‌ها وجود داشت. از کنار کوه گذشتم. در یک محوطهٔ کوچک و باصفایی رسیدم که اطرافش را کوه گرفته بود. روی زمین از بته‌های نیلوفر کبود پوشیده شده بود و بالای کوه یک قلعهٔ بلند که با خشت‌های وزین ساخته بودند؛ دیده می‌شد. در این وقت، احساس خستگی کردم. رفتم کنار نهر سورن زیر سایهٔ یک درخت کهن سرو روی ماسه نشستم.

جای خلوت و دنجی بود. به نظر می‌آمد که تا حالا کسی پایش را اینجا نگذاشته بود. ناگهان ملتفت شدم؛ دیدم از پشت درخت‌های سرو، یک دختربچه بیرون آمد و به طرف قلعه رفت. لباس سیاهی داشت که با تار و پود خیلی نازک و سبک، گویا با ابریشم بافته شده بود. ناخن دست چپش را می‌جوید و با حرکت آزادانه و بی‌اعتنا می‌لغزید و رد می‌شد. به نظرم آمد که من او را دیده بودم و می‌شناختم؛ ولی از این فاصلهٔ دور زیر پرتو خورشید، نتوانستم تشخیص بدهم که چطور یک‌مرتبه ناپدید شد.

من سر جای خودم خشکم زده بود؛ بی‌آنکه بتوانم کمترین حرکتی بکنم؛ ولی این دفعه با چشم‌های جسمانی خودم او را دیدم که از جلو من گذشت و ناپدید شد. آیا او موجودی حقیقی و یا یک وهم بود؟ آیا خواب دیده بودم و یا در بیداری بود. هرچه کوشش می‌کردم که یادم بیاید بیهوده بود. لرزهٔ

مخصوصی روی تیرهٔ پشتم حس کردم. به نظرم آمد که در این ساعت همهٔ سایه‌های قلعه روی کوه جان گرفته بودند و آن دخترک یکی از ساکنین سابق شهر قدیمی ری بوده.

منظره‌ای که جلو من بود؛ یک‌مرتبه به نظرم آشنا آمد. در بچگی، یک روز سیزده‌به‌در یادم افتاد که همین‌جا آمده بودم. مادرزنم و آن لکاته هم بودند. ما چقدر آن روز پشت همین درخت‌های سرو، دنبال یکدیگر دویدیم و بازی کردیم. بعد یک دسته از بچه‌های دیگر هم به ما ملحق شدند که درست یادم نیست. سرمامک‌بازی می‌کردیم. یک‌مرتبه که من دنبال همین لکاته رفتم؛ نزدیک همان نهر سورن بود. پای او لغزید و در نهر افتاد. او را بیرون آوردند؛ بردند پشت درخت رو رختش را عوض بکنند. من هم دنبالش رفتم. جلو او چادر نماز گرفته بودند؛ اما من دزدکی از پشت درخت تمام تنش را دیدم. او لبخند می‌زد و انگشت سبابهٔ دست چپش را می‌جوید و بعد یک رودوشی سفید به تنش پیچیدند و لباس سیاه ابریشمی او را که از تار و پودِ نازک بافته شده بود؛ جلو آفتاب پهن کردند.

بالاخره پای درخت کهن سرو، روی ماسه دراز کشیدم. صدای آب، مانند حرف‌های بُریده بُریده و نامفهومی که در عالم خواب زمزمه می‌کنند؛ به گوشم می‌رسید. دست‌هایم را بی‌اختیار در ماسهٔ گرم و نمناک فروبردم. ماسهٔ گرم نمناک را در مشتم می‌فشردم؛ مثل گوشت سفت تن دختری بود که در آب افتاده باشد و لباسش را عوض کرده باشند.

نمی‌دانم چقدر وقت گذشت. وقتی که از سر جای خودم بلند شدم؛ بی‌اراده به راه افتادم. همه‌جا ساکت و آرام بود. من می‌رفتم؛ ولی اطراف خود را نمی‌دیدم. یک قوه‌ای که به ارادهٔ من نبود؛ مرا وادار به رفتن می‌کرد. همهٔ حواسم متوجه قدم‌های خودم بود. من راه نمی‌رفتم؛ ولی مثل آن دختر سیاه‌پوش روی پاهایم می‌لغزیدم و رد می‌شدم. همین که به خودم آمدم، دیدم در شهر و جلو خانهٔ پدرزنم هستم. نمی‌دانم چرا گذارم به خانهٔ پدرزنم افتاد. پسر کوچکش، برادرزنم، روی سکو نشسته بود؛ مثل سیبی که با خواهرش نصف کرده باشند! چشم‌های مورّب ترکمنی، گونه‌های برجسته، رنگ گندمی، دماغ شهوتی، صورت لاغر ورزیده داشت. همین‌طور که نشسته بود؛ انگشت سبّابهٔ دست چپش را به دهنش گذاشته بود. من بی‌اختیار جلو رفتم. دست کردم کلوچه‌هایی که در جیبم بود؛ درآوردم، به او دادم و گفتم: «اینا رو شاجون برات داده.» چون به زن من، به جای مادر خودش، شاه‌جان می‌گفت. او با چشم‌های ترکمنی خود نگاه تعجب‌آمیزی به کلوچه‌ها کرد که با تردید در دستش گرفته بود. من روی سکّوی خانه نشستم. او را در بغلم نشاندم و به خودم فشار دادم. تنش گرم و ساق پاهایش شبیه ساق پاهای زنم بود و همان حرکات بی‌تکلف او را داشت. لب‌های او شبیه لب‌های پدرش بود؛ اما آنچه که نزد پدرش مرا متنفّر می‌کرد؛ برعکس در او برای من جذبه و کِشندگی داشت. مثل این بود که لب‌های نیمه‌باز او تازه از یک بوسهٔ گرمِ طولانی جدا شده. روی دهن نیمه‌بازش را بوسیدم که شبیه لب‌های زنم بود. لب‌های او طعم کونهٔ خیار می‌داد؛ تلخ‌مزّه و گس بود. لابد لب‌های آن لکاته هم همین طعم را داشت.

در همین وقت دیدم پدرش. آن پیرمرد قوزی که شال‌گردن بسته بود. از در خانه بیرون آمد. بی‌آنکه به طرف من نگاه بکند؛ رد شد. بریده‌بریده می‌خندید. خندهٔ ترسناکی بود که مو را به تن آدم راست می‌کرد و شانه‌هایش از شدت خنده می‌لرزید. از زور خجالت می‌خواستم به زمین فروبروم. نزدیک غروب شده بود. بلند شدم. مثل اینکه می‌خواستم از خودم فرار بکنم. بدون اراده، راه خانه را پیش گرفتم. هیچ‌کس و هیچ چیز را نمی‌دیدم. به نظرم می‌آمد که از میان یک شهر مجهول و ناشناس حرکت می‌کردم. خانه‌های عجیب و غریب به اشکال هندسی، بریده‌بریده، با دریچه‌های متروک سیاه اطراف من بود. مثل این بود که هرگز یک جُنبنده نمی‌توانست در آن‌ها مسکن داشته باشد؛ ولی دیوارهای سفید آن‌ها با روشنایی ناچیزی می‌درخشید و چیزی که غریب بود. چیزی که نمی‌توانستم باور بکنم. در مقابل هر یک از این دیوارها می‌ایستادم؛ جلو مهتاب، سایه‌ام بزرگ و غلیظ به دیوار می‌افتاد؛ ولی بدون سر بود. سایه‌ام سر نداشت. شنیده بودم که اگر سایهٔ کسی سر نداشته باشد تا سر سال می‌میرد.

هراسان وارد خانه شدم و به اطاقم پناه بردم. در همین وقت، خون دماغ شدم و بعد از آنکه مقدار زیادی خون از دماغم رفت؛ بیهوش در رختخوابم افتادم. دایه‌ام مشغول پرستاری من شد.

قبل از اینکه بخوابم، در آینه به صورت خودم نگاه کردم. دیدم صورتم شکسته، محو و بی‌روح شده بود. به قدری محو بود که خودم را نمی‌شناختم. رفتم در رختخواب لحاف را روی سرم کشیدم؛ غلت زدم؛

رویم را به طرف دیوار کردم. پاهایم را جمع کردم؛ چشم‌هایم را بستم و دنبالهٔ خیالات را گرفتم؛ این رشته‌هایی که سرنوشت تاریک، غم‌انگیز، مهیب و پر از کیف مرا تشکیل می‌داد. آنجایی که زندگی با مرگ به هم آمیخته می‌شود و تصویرهای منحرف شده به وجود می‌آید؛ میل‌های کشته شدهٔ دیرین، میل‌های محو شده و خفه شده دوباره زنده می‌شوند و فریاد انتقام می‌کشند؛ در این وقت از طبیعت و دنیای ظاهری کنده می‌شدم و حاضر بودم که در جریان ازلی محو نابود شوم. چند بار با خودم زمزمه کردم: «مرگ، مرگ...کجایی؟» همین به من تسکین داد و چشم‌هایم به هم رفت.

چشم‌هایم که بسته شد؛ دیدم در میدان محمدیه بودم. دار بلندی برپا کرده بودند و پیرمرد خنزرپنزری جلو اطاقم را به چوبهٔ دار آویخته بودند. چند نفر داروغهٔ مست، پای دار، شراب می‌خورند. مادرزنم با صورت برافروخته ـ با صورتی که در موقع اوقات‌تلخی زنم حالا می‌بینم که رنگ لبش می‌پرد و چشم‌هایش گرد و وحشت‌زده می‌شود ـ دست مرا می‌کشید؛ از میان مردم رد می‌کرد و به میرغضب که لباس سرخ پوشیده بود؛ نشان می‌داده و می‌گفت: «اینم دار بزنین!...»

من هراسان از خواب پریدم. مثل کوره می‌سوختم. تنم، خیس عرق و حرارت سوزانی روی گونه‌هایم شعله‌ور بود. برای اینکه خودم را از دست این کابوس برهانم؛ بلند شدم آب خوردم و کمی به سر و رویم زدم. دوباره خوابیدم؛ ولی خواب به چشمم نمی‌آمد.

در سایه‌روشن اطاق، به کوزهٔ آب که روی رف بود؛ خیره شده بودم. به نظرم آمد تا مدتی که کوزه روی رف است؛ خوابم نخواهد برد. یک جور ترس بی‌جا برایم تولید شده بود که کوزه خواهد افتاد. بلند شدم که جای کوزه را محفوظ بکنم؛ ولی به واسطهٔ تحریک مجهولی که خودم ملتفت نبودم؛ دستم عمداً به کوزه خورد. کوزه افتاد و شکست. بالاخره پلک‌های چشمم را به هم فشار دادم؛ اما به خیالم رسید که دایه‌ام بلند شده؛ به من نگاه می‌کند. مشت‌های خودم را زیر لحاف گره کردم؛ اما هیچ اتفاق فوق‌العاده‌ای رخ نداده بود. در حالت اغما، صدای در کوچه را شنیدم. صدای پای دایه‌ام را شنیدم که نعلینش را به زمین می‌کشید و رفت نان و پنیر را گرفت.

بعد صدای دوردست فروشنده‌ای آمد که می‌خواند: «صَفرا بُره، شاتوت!» نه، زندگی مثل معمول، خسته‌کننده شروع شده بود. روشنایی زیادتر می‌شد، چشم‌هایم را که باز کردم؛ یک تکه از انعکاس آفتاب روی سطح آب حوض که از دریچهٔ اطاقم به سقف افتاده بود، می‌لرزید.

به نظرم آمد خواب دیشب آن‌قدر دور و محو شده بود؛ مثل اینکه چند سال قبل، وقتی که بچه بودم؛ دیده‌ام. دایه‌ام چاشت مرا آورده؛ مثل این بود که صورت دایه‌ام روی یک آینهٔ دق منعکس شده باشد. آن‌قدر کشیده و لاغر به نظرم جلوه کرد؛ به شکل باورنکردنیِ مضحکی درآمده بود. انگاری که وزن سنگینی، صورتش را پایین کشیده بود.

با اینکه ننجون می‌دانست دود غلیان برایم بد است؛ باز هم در اطاقم غلیان می‌کشید. اصلاً تا غلیان نمی‌کشید؛ سر دَماغ نمی‌آمد. از بس که دایه‌ام از

خانه‌اش، از عروس و پسرش برایم حرف زده بود؛ مرا هم با کیف‌های شهوتی خودش شریک کرده بود. چقدر احمقانه است؛ گاهی بی‌جهت به فکر زندگی اشخاص خانهٔ دایه‌ام می‌افتادم؛ ولی نمی‌دانم چرا هر جور زندگی و خوشی دیگران دلم را به هم می‌زد؛ در صورتی که می‌دانستم که زندگی من تمام شده و به‌طرز دردناکی آهسته خاموش می‌شود. به من چه ربطی داشت که فکرم را متوجه زندگی احمق‌ها و رجّاله‌ها بکنم که سالم بودند؛ خوب می‌خوردند؛ خوب می‌خوابیدند و خوب جماع می‌کردند و هرگز ذره‌ای از دردهای مرا حس نکرده بودند و بال‌های مرگ هر دقیقه به سر و صورتشان سابیده نشده بود.

ننجون مثل بچه‌ها با من رفتار می‌کرد. می‌خواست همه جای مرا ببیند. من هنوز از زنم رودرواسی داشتم. وارد اطاقم که می‌شدم؛ روی خلط خودم را که در لگن انداخته بودم؛ می‌پوشانیدم. موی سر و ریشم را شانه می‌زدم. شب‌کلاهم را مرتب می‌کردم. ولی پیش دایه‌ام، هیچ جور رودرواسی نداشتم. چرا این زن که هیچ رابطه‌ای با من نداشت؛ خودش را آن‌قدر داخل زندگی من کرده بود؟

یادم است در همین اطاق روی آب‌انبار، زمستان‌ها کرسی می‌گذاشتند. من و دایه‌ام با همین لکاته دور کرسی می‌خوابیدیم. تاریک‌روشن که چشم‌هایم باز می‌شد؛ نقش روی پردهٔ گل‌دوزی که جلو در آویزان بود؛ در مقابل چشمم جان می‌گرفت. چه پردهٔ عجیب و ترسناکی بود؟ رویش یک پیرمرد قوزکرده شبیه جوکیان هند، چالمه بسته، زیر یک درخت سرو نشسته بود و سازی

شبیه سه‌تار در دست داشت و یک دختر جوان خوشگل مانند بوگام‌داسی رقاصهٔ بتکده‌های هند، دست‌هایش را زنجیر کرده بودند و مثل این بود که مجبور است جلو پیرمرد برقصد. پیش خودم تصور می‌کردم؛ شاید این پیرمرد را هم در یک سیاه‌چال با یک مار ناگ انداخته بودند که به این شکل درآمده بود و موهای سر و ریشش سفید شده بود.

از این پرده‌های زردوزی هندی بود که شاید پدر یا عمویم از ممالک دور فرستاده بودند. به این شکل که زیاد دقیق می‌شدم؛ می‌ترسیدم. دایه‌ام را خواب‌آلود بیدار می‌کردم؛ او با نفس بدبو و موهای خشن سیاهش که به صورت مالیده می‌شد؛ مرا به خودش می‌چسبانید. صبح که چشمم باز شد؛ او به همان شکل در نظرم جلوه کرد. فقط خط‌های صورتش گودتر و سخت‌تر شده بود.

اغلب برای فراموشی، برای فرار از خودم، ایام بچگی خودم را به یاد می‌آوردم. برای اینکه خودم را در حال قبل از ناخوشی حس بکنم ـ حس بکنم که سالمم ـ هنوز حس می‌کردم که بچه هستم و برای مرگم، برای معدوم شدنم، یک نفس دومی بود که به حال من ترحم می‌آورد؛ به حال این بچه‌ای که خواهد مرد. در مواقع ترسناک زندگی خودم، همین که صورت آرام دایه‌ام را می‌دیدم؛ صورت رنگ‌پریده، چشم‌های گود و بی‌حرکت و کدر و پره‌های نازک بینی و پیشانی استخوانی پهن او را که می‌دیدم؛ یادگاری‌های آن وقت در من بیدار می‌شد. شاید امواج مرموزی از او تراوش می‌کرد که باعث تسکین من می‌شد. یک خال گوشتی روی شقیقه‌اش بود که رویش مو

درآورده بود؛ گویا فقط این روز متوجه خال او شدم. پیش‌تر که به صورتش نگاه می‌کردم؛ این‌طور دقیق نمی‌شدم.

اگرچه ننجون ظاهراً تغییر کرده بود؛ ولی افکارش به حال خود باقی مانده بود. فقط به زندگی بیشتر اظهار علاقه می‌کرد و از مرگ می‌ترسید. مثل مگس‌هایی که اول پاییز به اطاق پناه می‌آورند. ولی زندگی من در هر روز و هر دقیقه عوض می‌شد. به نظرم می‌آمد که طول زمان و تغییراتی که ممکن بود آدم‌ها در چندین سال بکنند؛ برای من این سرعت سیر و جریان، هزاران بار مضاعف و تندتر شده بود. در صورتی که خوشیِ آن، به‌طور معکوس به طرف صفر می‌رفت و شاید از صفر می‌رفت و شاید از صفر هم تجاوز می‌کرد. کسانی هستند که از بیست‌سالگی شروع به جان‌کندن می‌کنند؛ در صورتی که بسیاری از مردم فقط در هنگام مرگشان خیلی آرام و آهسته مثل پیه‌سوزی که روغنش تمام بشود؛ خاموش می‌شوند.

ظهر که دایه‌ام ناهارم را آورد؛ من زدم زیر کاسهٔ آش. فریاد کشیدم؛ با تمام قوایم فریاد کشیدم. همهٔ اهل خانه آمدند جلو اطاقم جمع شدند. آن لکاته هم آمد و زود رد شد. به شکمش نگاه کردم؛ بالا آمده بود. نه، هنوز نزاییده بود. رفتند حکیم‌باشی را خبر کردند. من پیش خودم کیف می‌کردم که اقلاً این احمق‌ها را به زحمت انداخته‌ام.

حکیم‌باشی با سه قبض ریش آمد و دستور داد که من تریاک بکشم. چه داروی گران‌بهایی برای زندگی دردناک من بود! وقتی که تریاک می‌کشیدم؛

افکارم بزرگ، لطیف، افسون‌آمیز و پرّان می‌شد. در محیط دیگری ورای دنیای معمولی، سیر و سیاحت می‌کردم.

خیالات و افکارم از قید ثقل و سنگینی چیزهای زمینی آزاد می‌شد و به سوی سپهر آرام و خاموشی پرواز می‌کرد؛ مثل اینکه مرا روی بال‌های شب‌پرهٔ طلایی گذاشته بودند و در یک دنیای تُهی و درخشان که به هیچ مانعی برنمی‌خورد؛ گردش می‌کردم. به‌قدری این تأثیر عمیق و پرکیف بود که از مرگم هم کیفش بیشتر بود.

از پای منقل که بلند شدم؛ رفتم دم دریچهٔ رو به حیاطمان. دیدم دایه‌ام جلو آفتاب نشسته بود؛ سبزی پاک می‌کرد. شنیدم به عروسش گفت: «همه‌مون دل‌ضعفه شدیم. کاشکی خدا بکشدش؛ راحتش کنه!» گویا حکیم‌باشی به آن‌ها گفته بود که من خوب نمی‌شوم.

اما من هیچ تعجبی نکردم. چقدر این مردم احمق هستند! همین که یک ساعت بعد برایم جوشانده آورد؛ چشم‌هایش از زور گریه سرخ شده بود و باد کرده بود؛ اما روبه‌روی من زورکی لبخند زد. جلو من بازی در می‌آوردند؛ آن هم چقدر ناشی! به خیالشان من خودم نمی‌دانستم؟ ولی چرا این زن به من اظهار علاقه می‌کرد؟

چرا خودش را شریک درد من می‌دانست؟ یک روز به او پول داده بودند و پستان‌های ورچروکیدهٔ سیاهش را مثل دولچه[1] توی لُپ من چپانیده بود.

---

۱. ظرف فلزی یا چرمی که با آن آب از چاه می‌کشند.

کاش خوره به پستان‌هایش افتاده بود. حالا که پستان‌هایش را می‌دیدم؛ عُقَم می‌نشست که آن وقت با اشتهای هرچه تمام‌تر شیرهٔ زندگی او را می‌مکیده‌ام و حرارت تنمان در هم داخل می‌شده. او تمام تن مرا دستمالی می‌کرد و برای همین بود که حالا هم با جسارت مخصوصی که ممکن است یک زن بی‌شوهر داشته باشد؛ نسبت به من رفتار می‌کرد. به همان چشم بچگی به من نگاه می‌کرد؛ چون یک وقتی مرا لب چاهک سرپا می‌گرفته. کی می‌داند شاید با من طَبَق هم می‌زده؛ مثل خواهرخوانده‌ای که زن‌ها برای خودشان انتخاب می‌کنند!

حالا هم با چه کنجکاوی و دقّتی مرا زیر و رو و به قول خودش «تر و خشک» می‌کرد! اگر زنم، آن لکاته، به من رسیدگی می‌کرد؛ من هرگز ننجون را به خودم راه نمی‌دادم؛ چون پیش خود گمان می‌کردم؛ دایرهٔ فکر و حس زیبایی زنم بیش از دایه‌ام بود و یا اینکه فقط شهوت، این حس شرم و حیا را برای من تولید کرده بود.

از این جهت، پیش دایه‌ام کمتر رودرواسی داشتم و فقط او بود که به من رسیدگی می‌کرد. لابد دایه‌ام معتقد بود که تقدیر این‌طور بوده؛ ستاره‌اش این بوده. به‌علاوه، او از ناخوشی من استفاده می‌کرد و همهٔ درددل‌های خانوادگی، تفریحات، جنگ و جدال‌ها و روح سادهٔ موذی و گِدامَنش خودش را برای من شرح می‌داد و دل‌پُری که از عروسش داشت . مثل اینکه هَووی اوست و از عشق و شهوت پسرش نسبت به او دزدیده بود . با چه

کینه‌ای نقل می‌کرد! باید عروسش خوشگل باشد؛ من از دریچهٔ رو به حیاط او را دیده‌ام؛ چشم‌های میشی، موی بور و دماغ کوچک قلمی داشت.

دایه‌ام گاهی از معجزات انبیا برایم صحبت می‌کرد. به خیال خودش می‌خواست مرا به این وسیله تسلیت بدهد؛ ولی من به فکر پست و حماقت او حسرت می‌بردم! گاهی برایم خبرچینی می‌کرد؛ مثلاً چند روز پیش به من گفت که دخترم . یعنی آن لکاته . ساعت خوب، پیرهن قیامت برای بچه می‌دوخته؛ برای بچهٔ خودش. بعد مثل اینکه او هم می‌دانست؛ به من دلداری داد. گاهی می‌رود برایم از در و همسایه‌ها دوا درمان می‌آورد. پیش جادوگر، فال‌گیر و جام‌زن می‌رود؛ سرکتاب باز می‌کند و راجع به من با آن‌ها مشورت می‌کند. چهارشنبهٔ آخر سال رفته بود فالگوش. یک کاسه آورد که در آن پیاز، برنج و روغن خراب شده بود. گفت این‌ها را به نیت سلامتی من گدایی کرده و همه این گند و کثافت‌ها را دزدکی به خورد من داد. فاصله به فاصله هم، جوشانده‌های حکیم‌باشی را به ناف من می‌بست. همان جوشانده‌های بی‌پیری که برایم تجویز کرده بود؛ پر زوفا، رب سوس، کافور، پر سیاوشان، بابونه، روغن غاز، تخم کتان، تخم صنوبر، نشاسته، خاکشیر و هزارجور و مزخرفات دیگر...

چند روز پیش یک کتاب دعا برایم آورده بود که رویش یک وجب خاک نشسته بود! نه تنها کتاب دعا بلکه هیچ‌جور کتاب و نوشته و افکار رجّاله‌ها به درد من نمی‌خورد. آیا چه احتیاجی به دروغ و دَوَنگ‌های آن‌ها داشتم. آیا من خودم نتیجهٔ یک رشته نسل‌های گذشته نبودم و تجربیات موروثی آن‌ها

در من باقی نبود؟ آیا گذشته در خود من نبود؟ ولی هیچ‌وقت نه مسجد و نه صدای اذان و نه وضو و اَخ و تُف انداختن و دولا و راست شدن در مقابل یک قادر متعادل و صاحب‌اختیار مطلق که باید به زبان عربی با او اختلاط کرد؛ در من تأثیری نداشته است.

اگرچه سابق برین، وقتی که سلامت بودم؛ چند بار اجباراً به مسجد رفته‌ام و سعی می‌کردم که قلب خودم را با سایر مردم جور و هماهنگ بکنم؛ ولی چشمم روی کاشی‌های لعابی و نقش و نگار دیوار مسجد که مرا در خواب‌های گوارا می‌برد و بی‌اختیار به این وسیله راه گریزی برای خودم پیدا می‌کردم؛ خیره می‌شد. در موقع دعا کردن، چشم‌های خودم را می‌بستم و کف دستم را جلو صورت می‌گرفتم. در این شبی که برای خودم ایجاد کرده بودم؛ مثل لغاتی که بدون مسئولیت فکری در خواب تکرار می‌کنند؛ من دعا می‌خواندم؛ ولی تلفظ این کلمات از ته دل نبود؛ چون من بیشتر خوشم می‌آمد با یک نفر دوست یا آشنا حرف بزنم تا با خدا، با قادر متعال! چون خدا از سر من زیاد بود.

زمانی که در یک رختخواب گرم و نمناک خوابیده بودم؛ همهٔ این مسائل برایم به اندازهٔ جُوی ارزش نداشت و در این موقع، نمی‌خواستم بدانم که حقیقتاً خدایی وجود دارد یا اینکه فقط مظهر فرمانروایان روی زمین است که برای استحکام مقام الوهیت و چاپیدن رعایای خود، تصور کرده‌اند؛ تصویر روی زمین را به آسمان منعکس کرده‌اند. فقط می‌خواستم بدانم که شب را به صبح می‌رسانم یا نه. حس می‌کردم در مقابل مرگ، مذهب

و ایمان و اعتقاد، چقدر سست و بچه‌گانه و تقریباً یک‌جور تفریح برای اشخاص تندرست و خوشبخت بود. در مقابل حقیقت وحشتناک مرگ و حالات جانگدازی که طی می‌کردم؛ آنچه راجع به کیفر و پاداش روح و روز رستاخیز به من تلقین کرده بودند؛ یک فریب بی‌مزه شده بود و دعاهایی که به من یاد داده بودند؛ در مقابل ترس از مرگ هیچ تأثیری نداشت.

نه، ترس از مرگ گریبان مرا ول نمی‌کرد. کسانی که درد نکشیده‌اند؛ این کلمات را نمی‌فهمند. به قدری حس زندگی در من زیاد شده بود که کوچک‌ترین لحظهٔ خوشی، جبران ساعت‌های دراز خفقان و اضطراب را می‌کرد. می‌دیدم که درد و رنج وجود دارد. خالی از هرگونه مفهوم و معنی بود. من میان رجّاله‌ها یک نژاد مجهول و ناشناس شده بودم؛ به‌طوری که فراموش کرده بودند که سابق بر این جزو دنیای آن‌ها بوده‌ام. چیزی که وحشتناک بود؛ حس می‌کردم که نه زندهٔ زنده هستم و نه مردهٔ مرده؛ فقط یک مردهٔ متحرک بودم که نه رابطه با دنیای زنده‌ها داشتم و نه از فراموشی و آسایش مرگ استفاده می‌کردم.

سر شب از پای منقل تریاک که بلند شدم؛ از دریچه‌ی اطاقم به بیرون نگاه کردم. یک درخت سیاه، با در دکان قصابی که تخته کرده بودند؛ پیدا بود. سایه‌های تاریک، در هم مخلوط شده بودند. حس می‌کردم که همه‌چیز تهی و موقت است. آسمان سیاه و قیراندود مانند چادر کهنهٔ سیاهی بود که به وسیلهٔ ستاره‌های بی‌شمارِ درخشان، سوراخ سوراخ شده باشد. در همین وقت، صدای اذان بلند شد. یک اذان بی‌موقع بود. گویا زنی، شاید آن لکاته،

مشغول زاییدن بود؛ سر خشت رفته بود. صدای نالهٔ سگی از لابه‌لای اذان صبح شنیده می‌شد. من با خودم فکر کردم: «اگر راست است که هرکسی یک ستاره روی آسمان دارد؛ ستارهٔ من باید دور، تاریک و بی‌معنی باشد. شاید من اصلاً ستاره نداشته‌ام!»

در این وقت، صدای یک دسته گزمهٔ مست از توی کوچه بلند شد که می‌گذشتند و شوخی‌های هرزه با هم می‌کردند. بعد دسته‌جمعی زدند زیر آواز و خواندند:

«بیا بریم تا مِی خوریم،

شراب ملک رِی خوریم،

حالا نخوریم کِی خوریم؟»

من هراسان خودم را کنار کشیدم. آواز آن‌ها در هوا به‌طور مخصوصی می‌پیچید؛ کم‌کم صدایشان دور و خفه شد. نه، آن‌ها با من کاری نداشتند؛ آن‌ها نمی‌دانستند... دوباره سکوت و تاریکی همه‌جا را فراگرفت. من پیه‌سوز اطاقم را روشن نکردم. خوشم آمد که در تاریکی بنشینم. تاریکی. این مادهٔ غلیظ سیّال که در همه‌جا و در همه‌چیز تراوش می‌کند. من به آن عادت کرده بودم. در تاریکی بود که افکار گم شده‌ام؛ ترس‌های فراموش‌شده؛ افکار مهیب باورنکردنی که نمی‌دانستم در کدام گوشهٔ مغزم پنهان شده بود؛ همه از سَرِ نو جان می‌گرفت؛ راه می‌افتاد و به من دهن‌کجی می‌کرد. کنج اطاق،

پشت پرده، کنار در، پر از این افکار و هیکل‌های بی‌شکل و تهدیدکننده بود.

آنجا، کنار پرده، یک هیکل ترسناک نشسته بود. تکان نمی‌خورد. نه غمناک بود و نه خوشحال. هر دفعه که برمی‌گشتم؛ توی تخم چشمم نگاه می‌کرد. به صورت او آشنا بودم؛ مثل این بود که در بچگی همین صورت را دیده بودم. یک روز سیزده‌به‌در بود؛ کنار نهر سورن من با بچه‌ها سرمامَک بازی می‌کردم. همین صورت به نظرم آمده بود که با صورت‌های معمولی دیگر که قد کوتاه مضحک و بی‌خطر داشتند به من ظاهر شده بود، صورتش شبیه همین مرد قصاب روبه‌روی دریچهٔ اطاقم بود. گویا این شخص در زندگی من دخالت داشته است و او را زیاد دیده بودم؛ گویا این سایه همزاد من بود و در دایرهٔ محدود زندگی من واقع شده بود...

همین که بلند شدم پیه‌سوز را روشن بکنم؛ آن هیکل هم خودبه‌خود محو و ناپدید شد. رفتم جلو آینه، به صورت خودم دقیق شدم. تصویری که نقش بست؛ به نظرم بیگانه آمد. باورنکردنی و ترسناک بود. عکس من قوی‌تر از خودم شده بود و من مثل تصویر روی آینه شده بودم. به نظرم آمد؛ نمی‌توانستم تنها با تصویر خودم در یک اطاق بمانم. می‌ترسیدم اگر فرار بکنم؛ او دنبالم بکند؛ مثل دو گربه که برای مبارزه روبه‌رو می‌شوند؛ اما دستم را بلند کردم. جلو چشمم گرفتم تا در چالهٔ کف دستم شب جاودانی را تولید بکنم. اغلب حالت وحشت برایم کیف و مستی مخصوصی داشت؛ به‌طوری که سرم گیج می‌رفت و زانوهایم سست می‌شد و می‌خواستم قِی

بکنم. ناگهان ملتفت شدم که روی پاهایم ایستاده بودم. این مسئله برایم غریب بود؛ معجز بود. چطور من می‌توانستم روی پاهایم ایستاده باشم؟ به نظرم آمد اگر یکی از پاهایم را تکان می‌دادم؛ تعادلم از دست می‌رفت. یک نوع حالت سرگیجه برایم پیدا شده بود. زمین و موجوداتش بی‌اندازه از من دور شده بودند. به‌طور مبهمی آرزوی زمین‌لرزه یا یک صاعقهٔ آسمانی را می‌کردم؛ برای اینکه بتوانم مجدداً در دنیای آرام و روشنی به دنیا بیایم.

وقتی که خواستم در رختخوابم بروم؛ چند بار با خودم گفتم: «مرگ... مرگ...» لب‌هایم بسته بود؛ ولی از صدای خودم ترسیدم. اصلاً جرأت سابق از من رفته بود. مثل مگس‌هایی شده بودم که اول پاییز به اطاق هجوم می‌آورند؛ مگس‌های خشکیده و بی‌جان که از صدای وزوز بالِ خودشان می‌ترسند. مدتی بی‌حرکت یک گلهٔ دیوار کز می‌کنند. همین که پِی می‌برند که زنده هستند؛ خودشان را بی‌محابا به در و دیوار می‌زنند و مُردهٔ آن‌ها در اطراف اطاق می‌افتد.

پلک‌های چشمم که پایین می‌آمد، یک دنیای محو جلوم نقش می‌بست. یک دنیایی که همه‌اش را خودم ایجاد کرده بودم و با افکار و مشاهداتم وفق می‌داد. در هر صورت خیلی حقیقی‌تر و طبیعی‌تر از دنیای بیداری‌ام بود. مثل اینکه هیچ مانع و عایقی در جلو فکر و تصورم وجود نداشت. زمان و مکان تأثیر خود را از دست می‌دادند. این حس شهوتِ کشته شده که خواب زاییدهٔ آن بود؛ زاییدهٔ احتیاجات نهایی من بود. اشکال و اتفاقات باورنکردنی ولی طبیعی، جلو من مجسم می‌کرد و بعد از آنکه بیدار

می‌شدم؛ در همان دقیقه هنوز به وجود خودم شک داشتم. از زمان و مکان خودم بی‌خبر بودم. گویا خواب‌هایی که می‌دیدم؛ همه‌اش را خودم درست کرده بودم و تعبیر حقیقی آن را قبلاً می‌دانسته‌ام.

از شب خیلی گذشته بود که خوابم برد. ناگهان دیدم در کوچه‌های شهر ناشناسی که خانه‌های عجیب و غریب به اشکال هندسی، منشور، مخروطی، مکعب با دریچه‌های کوتاه و تاریک داشت و به در و دیوار آن‌ها بُتهٔ نیلوفر پیچیده بود، آزادانه گردش می‌کردم و به راحتی نفس می‌کشیدم؛ ولی مردم این شهر به مرگ غریبی مرده بودند. همه سر جای خودشان خشک شده بودند. دو چکه خون از دهنشان تا روی لباسشان پایین آمده بود. به هرکسی که دست می‌زدم؛ سرش کنده می‌شد و می‌افتاد.

جلوی یک دکان قصابی رسیدم. دیدم مردی شبیه پیرمرد خنزرپنزری جلو خانه‌مان، شال‌گردن بسته بود و یک گزلیک در دستش بود و با چشم‌های سرخ ـ مثل اینکه پلک آن‌ها را بریده بودند ـ به من خیره نگاه می‌کرد. خواستم گزلیک را از دستش بگیرم؛ سرش کنده شد؛ به زمین افتاد. من از شدت ترس پا گذاشتم به فرار. در کوچه‌ها می‌دویدم. هرکسی را می‌دیدم؛ سر جای خودش خشک شده بود. می‌ترسیدم پشت سرم را نگاه بکنم. جلویِ خانهٔ پدرزنم که رسیدم؛ برادرزنم ـ برادر کوچک آن لکاته ـ روی سکو نشسته بود. دست کردم از جیبم دو تا کلوچه درآوردم. خواستم به دستش بدهم؛ ولی همین که او را لمس کردم؛ سرش کنده شد؛ به زمین افتاد. من فریاد کشیدم و بیدار شدم.

هوا هنوز تاریک‌روشن بود. خفقان قلب داشتم. به نظرم آمد که سقف
روی سرم سنگینی می‌کرد،. دیوارها بی‌اندازه ضخیم شده بود و سینه‌ام
می‌خواست بترکد. دید چشمم کدر شده بود. مدتی به حال وحشت‌زده
به تیرهای اطاق خیره شده بودم. آن‌ها را می‌شمردم و دوباره از سر نو شروع
می‌کرد. همین که چشمم را به هم فشار دادم؛ صدای در آمد. ننجون آمده
بود اطاقم را جارو بزند. چاشت مرا گذاشته بود در اطاق بالاخانه. من رفتم
بالاخانه جلو ارسی نشستم، از آن بالا پیرمرد خنزرپنزری جلو اطاقم پیدا
نبود؛ فقط از ضلع چپ، مرد قصاب را می‌دیدم؛ ولی حرکات او که از دریچهٔ
اطاقم، ترسناک، سنگین و سنجیده به نظرم می‌آمد؛ از این بالا مضحک و
بیچاره جلوه می‌کرد! مثل چیزی که این مرد نباید کارش قصابی بوده باشد
و بازی درآورده بود. یابوهای سیاه لاغر را که دو طرفشان، لش گوسفند
آویزان بود و سرفه‌های خشک و عمیق می‌کردند؛ آوردند. مرد قصاب دست
چربش را به سبیلش کشید و نگاه خریداری به گوسفندها انداخت و دو تا
از آن‌ها را به زحمت برد و به چنگک دکانش آویخت. روی ران گوسفندها را
نوازش می‌کرد. لابد شب هم که دست به تن زنش می‌مالید؛ یاد گوسفندها
می‌افتاد و فکر می‌کرد که اگر زنش را می‌کشت؛ چقدر پول عایدش می‌شد.

جارو که تمام شد؛ به اطاقم برگشتم و یک تصمیم گرفتم؛ تصمیم
وحشتناک. رفتم در پستوی اطاقم، گزلیک دسته‌استخوانی را که داشتم
از توی مِجری¹ درآوردم. با دامن قبایم تیغهٔ آن را پاک کردم و زیر متکایم

___
۱. صندوق کوچک

گذاشتم. این تصمیم را از قدیم گرفته بودم؛ ولی نمی‌دانستم چه در حرکات مرد قصاب بود؛ وقتی که ران گوسفندها را تکه‌تکه می‌برید؛ وزن می‌کرد؛ بعد نگاه تحسین‌آمیز می‌کرد که من هم بی‌اختیار حس کردم که می‌خواستم از او تقلید بکنم. لازم داشتم که این کیف را بکنم. از دریچهٔ اطاقم میان ابرها، یک سوراخ کاملاً آبی عمیق روی آسمان پیدا بود. به نظرم آمد برای اینکه بتوانم به آنجا برسم؛ باید از یک نردبان خیلی بلند بالا بروم. روی کرانهٔ آسمان را ابرهای زرد غلیظ مرگ‌آلود گرفته بود؛ به‌طوری که روی همهٔ شهر سنگینی می‌کرد.

یک هوای وحشتناک و پر از کیف بود. نمی‌دانم چرا من به طرف زمین خم می‌شدم. همیشه در این هوا به فکر مرگ می‌افتادم؛ ولی حالا که مرگ با صورت خونین و دست‌های استخوانی، بیخ گلویم را گرفته بود؛ حالا فقط تصمیم گرفتم. اما تصمیم گرفته بودم که این لکاته را هم با خودم ببرم تا بعد از من نگوید: «خدا بیامرزدش، راحت شد!»

در این وقت از جلو دریچهٔ اطاقم یک تابوت می‌بردند که رویش را سیاه کشیده بودند و بالای تابوت شمع روشن کرده بودند. صدای: «لااله‌الاالله» مرا متوجه کرد. همهٔ کاسب‌کارها و رهگذاران از راه خودشان برمی‌گشتند و هفت قدم دنبال تابوت می‌رفتند. حتی مرد قصاب هم آمد برای ثواب، هفت قدم دنبال تابوت رفت و به دکانش برگشت؛ ولی پیرمرد بساطی، از سر سفرهٔ خودش جُم نخورد. همهٔ مردم، چه صورت جدی به خودشان گرفته بودند! شاید یاد فلسفهٔ مرگ و آن دنیا افتاده بودند. دایه‌ام که برام

جوشانده آورد؛ دیدم اخمش در هم بود. دانه‌های تسبیح بزرگی که دستش بود؛ می‌انداخت و با خودش ذکر می‌کرد. بعد نمازش را آمد؛ پشت در اطاق من، کمرش زد و بلند بلند بلند تلاوت می‌کرد: «اللهم، اللللهم...»

مثل اینکه من مأمور آمرزش زنده‌ها بودم! ولی تمام این مسخره‌بازی‌ها در من هیچ تأثیری نداشت. برعکس کیف می‌کردم که رّجاله‌ها هم اگرچه موقّتی و دروغی، اما اقلاً چند ثانیه عوالم مرا طی می‌کردند. آیا اطاق من یک تابوت نبود؟ رختخوابم سردتر و تاریک‌تر از گور نبود؟ رختخوابی که همیشه افتاده بود و مرا دعوت به خوابیدن می‌کرد! چندین‌بار این فکر برایم آمده بود که درتابوت هستم. شب‌ها به نظرم اطاقم کوچک می‌شد و مرا فشار می‌داد. آیا در گور همین احساس را نمی‌کنند؟ آیا کسی از احساسات بعد از مرگ خبر دارد؟

اگرچه خون در بدن می‌ایستد و بعد از یک شبانه‌روز، بعضی از اعضای بدن شروع به تجزیه شدن می‌کنند؛ ولی تا مدتی بعد از مرگ، موی سر و ناخن می‌روید. آیا احساسات و فکر هم بعد از ایستادن قلب از بین می‌روند و یا تا مدتی از باقیماندۀ خونی که در عروق کوچک هست؛ زندگی مبهمی را دنبال می‌کنند؟ حس مرگ، خودش ترسناک است؛ چه برسد به آن که حس بکنند که مُرده‌اند! پیرهایی هستند که با لبخند می‌میرند؛ مثل اینکه خواب به خواب می‌روند و یا پیه‌سوزی که خاموش می‌شود؛ اما یک نفر جوان قوی که ناگهان می‌میرد و همۀ قوای بدنش تا مدتی بر ضد مرگ می‌جنگد؛ چه احساساتی خواهد داشت؟

بارها به فکر مرگ و تجزیهٔ ذرّات تنم افتاده بودم؛ به‌طوری که این فکر مرا نمی‌ترسانید؛ برعکس، آرزوی حقیقی می‌کردم که نیست و نابود بشوم. از تنها چیزی که می‌ترسیدم؛ این بود که ذّرات تنم، در ذرّات تن رجّاله‌ها برود. این فکر برایم تحمّل‌ناپذیر بود. گاهی دلم می‌خواست بعد از مرگ، دست‌های دراز با انگشتان بلند حسّاسی داشتم تا همهٔ ذرّات تن خودم را به دقّت جمع‌آوری می‌کردم و دودستی نگه می‌داشتم تا ذرّات تن من که مال من هستند، در تن رجّاله‌ها نرود.

گاهی فکر می‌کردم آن‌چه را که می‌دیدم؛ کسانی که دم مرگ هستند؛ آن‌ها هم می‌دیدند. اضطراب و هول و هراس و میل زندگی در من فروکش کرده بود. از دور ریختن عقایدی که به من تلفیق شده بود؛ آرامش مخصوصی در خودم حس می‌کرد. تنها چیزی که از من دلجویی می‌کرد؛ امید نیستی پس از مرگ بود. فکر زندگی دوباره مرا می‌ترسانید و خسته می‌کرد. من هنوز به این دنیایی که در آن زندگی می‌کردم؛ انس نگرفته بودم. آیا دنیای دیگر به چه درد من می‌خورد؟ حس می‌کردم که این دنیا برای من نبود؛ برای یک دسته آدم‌های بی‌حیا، پُررو، گدامنش، معلومات‌فروش چارودار و چشم و دل گرسنه بود؛ برای کسانی که به فراخور دنیا آفریده شده بودند و از زورمندان زمین و آسمان، مثل سگ گرسنهٔ جلو دکان قصابی که برای یک تکّه لثه دم می‌جنبانید؛ گدایی می‌کردند و تملق می‌گفتند. فکر زندگی دوباره مرا می‌ترسانید و خسته می‌کرد. نه، من احتیاجی به دیدن این همه دنیاهای قِی‌آور و این همه قیافه‌های نکبت‌بار نداشتم. مگر خدا آن‌قدر

ندیده بدیده بود که دنیاهای خودش را به چشم من بکشد؟ اما من تعریف دروغی نمی‌توانم بکنم و در صورتی که زندگی جدیدی را باید طی کرد؛ آرزومند بودم که فکر و احساسات کرخت و کند شده می‌داشتم؛ بدون زحمت، نفس می‌کشیدم و بی‌آنکه احساس خستگی می‌کردم؛ می‌توانستم در سایهٔ ستون‌های یک معبد لینگم پوچه، برای خودم زندگی را به سر ببرم.

پرسه می‌زدم؛ به‌طوری که آفتاب چشمم را نمی‌زد. حرف مردم و صدای زندگی گوشم را نمی‌خراشید.

هرچه بیشتر در خودم فرومی‌رفتم؛ مثل جانورانی که زمستان در یک سوراخ پنهان می‌شوند؛ صدای دیگران را با گوشم می‌شنیدم و صدای خودم را در گلویم می‌شنیدم. تنهایی و انزوایی که پشت سرم پنهان شده بود؛ مانند شب‌های ازلی غلیظ و متراکم بود؛ شب‌هایی که تاریکی چسبنده، غلیظ و مُسری دارند. منتظرند روی سر شهرهای خلوت که پر از خواب‌های شهوت و کینه است؛ فروبیایند. ولی من در مقابل این گلویی که برای خودم بود؛ بیش از یک نوع اثبات مطلق و مجنون چیز دیگری نبودم. فشاری که در موقع تولیدمثل دو نفر را برای دفع تنهایی به هم می‌چسباند؛ در نتیجه همین جنبهٔ جنون‌آمیز است که در هرکس وجود دارد و با تأسّفی آمیخته است که آهسته به سوی عمق مرگ متمایل می‌شود...

تنها مرگ است که دروغ نمی‌گوید!

حضور مرگ همهٔ موهومات را نیست و نابود می‌کند. ما بچهٔ مرگ هستیم و مرگ است که ما را از فریب‌های زندگی نجات می‌دهد و در ته زندگی، اوست که ما را صدا می‌زند و به سوی خودش می‌خواند. در سن‌هایی که ما هنوز زبان مردم را نمی‌فهمیم؛ اگر گاهی در میان بازی مکث می‌کنیم؛ برای این است که صدای مرگ را بشنویم... و در تمام مدت زندگی، مرگ است که به ما اشاره می‌کند. آیا برای هر کسی اتفاق نیفتاده که ناگهان و بدون دلیل به فکر فروبرود و به قدری در فکر غوطه‌ور بشود که از زمان و مکان خودش بی‌خبر بشود و نداند که فکر چه‌چیز را می‌کند؟ آن وقت، بعد باید کوشش بکند برای اینکه به وضعیت و دنیای ظاهری خودش دوباره آگاه و آشنا بشود؛ این صدای مرگ است.

در این رختخواب نمناکی که بوی عرق گرفته بود؛ وقتی که پلک‌های چشمم سنگین می‌شد و می‌خواستم خودم را تسلیم نیستی و شب جاودانی بکنم؛ همهٔ یادبودهای گمشده و ترس‌های فراموش شده‌ام؛ از سَرِ نو جان می‌گرفت: «ترس اینکه پرهای متکا تیغهٔ خنجر بشود. دگمهٔ ستره‌ام[1] بی‌اندازه بزرگ، به اندازهٔ سنگ آسیا بشود. ترس اینکه تکه نان لواشی که به زمین می‌افتد؛ مثل شیشه بشکند؛. دلواپسی اینکه اگر خوابم ببرد؛ روغن پیه‌سوز به زمین بریزد و شهر آتش بگیرد؛. وسواس اینکه پاهای سگ جلو دکان قصابی مثل سم اسب صدا بدهد. دلهرهٔ اینکه پیرمرد خنزرپنزر جلو بساطش به خنده بیفتد؛ آن‌قدر بخندد که جلو صدای خودش را نتواند بگیرد. ترس این کرم

۱. سِتَره: نیم‌تنهٔ مردانه.

توی پاشویهٔ حوض خانه‌مان مار هندی بشود. ترس اینکه رختخوابم سنگ قبر بشود و به وسیلهٔ لولا دور خودش بلغزد؛ مرا مدفون بکند و دندان‌های مرمر به هم قفل بشود. هول و هراس اینکه صدایم ببرد و هرچه فریاد بزنم؛ کسی به دادم نرسد...»

من آرزو می‌کردم که بچگی خودم را به یاد بیاورم؛ اما وقتی که می‌آمد و آن را حس می‌کردم؛ مثل همان ایام سخت و دردناک بود! سرفه‌هایی که صدای سرفهٔ یابوهای سیاه لاغر جلو دکان قصابی را می‌داد؛ اجبارِ انداختن خلط و ترس اینکه مبادا لکهٔ خون در آن پیدا بشود؛ خون، این مایع سیّال وِلَرمِ شورمزه که از ته بدن بیرون می‌آید که شیرهٔ زندگی است و ناچار باید قی کرد و تهدید دائمی مرگ که همهٔ افکار او را بدون امید برگشت، لگدمال می‌کند و می‌گذرد، بدون بیم و هراس نبود.

زندگی با خون‌سردی و بی‌اعتنایی، صورتک هرکسی را به خودش ظاهر می‌سازد. گویا هرکسی چندین صورتک با خودش دارد. بعضی‌ها فقط یکی از این صورتک‌ها را دائماً استعمال می‌کنند که طبیعتاً چرک می‌شود و چین و چروک می‌خورد. این دسته، صرفه‌جو هستند. دستهٔ دیگر، صورتک‌های خودشان را برای زاد و رود خودشان نگه می‌دارند و بعضی دیگر، پیوسته صورتشان را تغییر می‌دهند؛ ولی همین که پا به سن گذاشتند؛ می‌فهمند که این آخرین صورتک آن‌ها بود و به زودی مستعمل و خراب می‌شود؛ آن وقت صورت حقیقی آن‌ها از پشت صورتک آخری بیرون می‌آید.

نمی‌دانم دیوارهای اطاقم چه تأثیر زهرآلودی با خودش داشت که افکار
مرا مسموم می‌کرد. من حتم داشتم که پیش از مرگ یک نفر خونی، یک
نفر دیوانهٔ زنجیری در این اطاق بوده. نه‌تنها دیوارهای اطاقم، بلکه منظرهٔ
بیرون، آن مرد قصاب، پیرمرد خنزرپنزری، دایه‌ام، آن لکاته و همهٔ کسانی که
می‌دیدم و هم‌چنین کاسهٔ آشی که تویش آش جو می‌خوردم و لباس‌هایی
که تنم بود؛ همهٔ این‌ها، دست به یکی کرده بودند؛ برای اینکه این افکار را در
من تولید بکنند. چند شب پیش، همین که در شاه‌نشین حمام لباس‌هایم
را کندم؛ افکارم عوض شد. استاد حمامی که آب روی سرم می‌ریخت؛ مثل
این بود که افکار سیاهم شسته می‌شد. در حمام سایهٔ خودم را به دیوار
خیس عرق کرده دیدم. دیدم من همان‌قدر نازک و شکننده بودم که ده سال
قبل وقتی که بچه بودم. درست یادم بود؛ سایهٔ تنم همین‌طور روی دیوار
عرق کردهٔ حمام می‌افتاد. به تن خودم دقت کردم؛ ران، ساق پا و میان تنم
یک حالت شهوت‌انگیز ناامید داشت.

سایهٔ آن‌ها هم مثل ده سال قبل بود؛ مثل وقتی که بچه بودم. حس کردم
که زندگی من همه‌اش مثل یک سایهٔ سرگردان، سایه‌های لرزان روی دیوار
حمام، بی‌معنی و بی‌مقصد گذشته است.

ولی دیگران، سنگین، محکم و گردن‌کلفت بودند. لابد سایهٔ آن‌ها به دیوار
عرق کردهٔ حمام پررنگ‌تر و بزرگ‌تر می‌افتاد و تا مدتی اثر خودش را باقی
می‌گذاشت؛ در صورتی که سایهٔ من خیلی زود پاک می‌شد. سر بینه که
لباسم را پوشیدم،؛ حرکاتِ قیافه و افکارم دوباره عوض شد. مثل اینکه در

محیط و دنیای جدیدی داخل شده بودم. مثل اینکه در همان دنیایی که از آن متنفر بودم؛ دوباره به دنیا آمده بودم. در هر صورت، زندگی دوباره به دست آورده بودم؛ چون برایم معجز بود که در خزانهٔ حمام مثل یک تکه نمک، آب نشده بودم!

زندگی من، به نظرم همان‌قدر غیرطبیعی، نامعلوم و باورنکردنی می‌آمد که نقش روی قلمدانی که با آن مشغول نوشتن هستم. گویا یک نفر نقاش مجنونِ وسواسی، روی جلد این قلمدان را کشیده. اغلب به این نقش که نگاه می‌کنم؛ مثل این است که به نظرم آشنا می‌آید. شاید برای همین نقش است... شاید همین نقش مرا وادار به نوشتن می‌کند. یک درخت سرو کشیده شده که زیرش پیرمردی قوز کرده، شبیه جوکیان هندوستان، چنباتمه زده، عبا به خودش پیچیده و دور سرش چالمه بسته، به حالت تعجب انگشت سبابهٔ دست چپش را به دهنش گذاشته. روبه‌روی او دختری با لباس سیاه بلند و با حرکت غیرطبیعی، شاید یک بوگام‌داسی است. جلو او می‌رقصد. یک گل نیلوفر هم به دستش گرفته و میان آن‌ها، یک جوی آب فاصله است.

پای بساط تریاک همهٔ افکار تاریکم را میان دود لطیف آسمانی پراکنده کردم. در این وقت، جسمم فکر می‌کرد؛ جسمم خواب می‌دید؛ می‌لغزید و مثل اینکه از ثقل و کثافت هوا آزاد شده، در دنیای مجهولی که پر از رنگ‌ها و تصویرهای مجهول بود؛ پرواز می‌کرد. تریاک، روح نباتی، روح بطی‌ءالحرکت نباتی را در کالبد من دمیده بود. من در عالم نباتی سیر می‌کردم؛ نبات

شده بودم؟ ولی همین‌طور که جلو منقل و سفرهٔ چرمی چرت می‌زدم و عبا روی کولم بود؛ نمی‌دانم چرا یاد پیرمرد خنزرپنزری افتادم. او هم همین‌طور جلو بساطش قوز می‌کرد و به همین حالتِ من می‌نشست. این فکر برایم تولید وحشت کرد. بلند شدم عبا را دور انداختم. رفتم جلو آیینه. گونه‌هایم برافروخته و رنگ گوشت جلو دکان قصابی بود. ریشم نامرتب، ولی یک حالت روحانی و کشنده پیدا کرده بودم. چشم‌های بیمارم، حالت خسته، رنجیده و بچه‌گانه داشت. مثل اینکه همه چیزهای ثقیل زمینی و مردمی در من آب شده بود. از صورت خودم خوشم آمد. یک‌جور کیف شهوتی از خود می‌بردم. جلو آیینه به خودم می‌گفتم: «درد تو آن‌قدر عمیق است که ته چشمت گیر کرده... و اگر گریه بکنی یا اشک از پشت چشمت درمی‌آید و یا اصلاً اشک درنمی‌آید!...»

بعد دوباره گفتم: «تو احمقی، چرا زودتر شر خودت را نمی‌کنی؟ منتظر چه هستی... هنوز چه توقعی داری؟ مگر بغلی شراب توی پستوی اطاقت نیست؟... یک جرعه بُخور دِبُرو که رفتی!... احمق... تو احمقی... من با هوا حرف می‌زنم!»

افکاری که برایم می‌آمد به هم مربوط نبود. صدای خودم را در گلویم می‌شنیدم؛ ولی معنی کلمات را نمی‌فهمیدم. در سرم این صداها با صداهای دیگر مخلوط می‌شد؛ مثل وقتی که تب داشتم. انگشت‌های دستم بزرگ‌تر از معمول به نظر می‌آمد؛ پلک‌های چشمم سنگینی می‌کرد. لب‌هایم کلفت شده بود. همین که برگشتم؛ دیدم دایه‌ام توی چهارچوب

در ایستاده. من قهقهه خندیدم. صورت دایه‌ام بی‌حرکت بود. چشم‌های بی‌نورش به من خیره شد؛ ولی بدون تعجب یا خشم و یا افسردگی بود. عموماً حرکت احمقانه به خنده می‌اندازد؛ ولی خندهٔ من عمیق‌تر از آن بود. این احمقی بزرگ با آن‌همه چیزهای دیگر که در دنیا به آن پی نبرده‌اند و فهمش دشوار است؛ ارتباط داشت. آنچه در ته تاریکی شب‌ها گم شده است؛ یک حرکت مافوق بشر مرگ بود. دایه‌ام منقل را برداشت و با گام‌های شمرده بیرون رفت. من عرق روی پیشانی خودم را پاک کردم. کف دست‌هایم لکه‌های سفید افتاده بود. تکیه به دیوار دادم. سر خودم را به جِرز چسبانیدم. مثل اینکه حالم بهتر شد. بعد نمی‌دانم این ترانه را کجا شنیده بودم، با خودم زمزمه کردم:

«بیا بریم تا مِی خوریم،

شراب ملک رِی خوریم،

حالا نخوریم کِی خوریم؟»

همیشه قبل از ظهور بحران به دلم اثر می‌کرد و اضطراب مخصوصی در من تولید می‌شد. اضطراب و حالت غم‌انگیزی بود. مثل عقده‌ای که روی دلم جمع شده باشد. مثل هوای پیش از طوفان. آن وقت، دنیای حقیقی از من دور شد و در دنیای درخشانی زندگی می‌کردم که به مسافت سنجش‌ناپذیری با دنیای زمینی فاصله داشت.

در این وقت از خودم می‌ترسیدم؛ از همه می‌ترسیدم. گویا این حالت مربوط به ناخوشی بود. برای این بود که فکرم ضعیف شده بود. دم دریچهٔ اطاقم پیرمرد خنزرپنزری و قصاب را هم که دیدم؛ ترسیدم. نمی‌دانم در حرکات و قیافهٔ آن‌ها چه چیز ترسناکی بود. دایه‌ام یک چیز ترسناک برایم گفت. قسم به پیر و پیغمبر می‌خورد که دیده است؛ پیرمرد خنزرپنزری شب‌ها می‌آید در اطاق زنم و از پشت در شنیده بود که لکاته به او می‌گفته: «شال‌گردنتو واکن!» هیچ فکرش را نمی‌شود کرد. پریروز یا پس‌پریروز بود؛ وقتی که فریاد زدم و زنم آمده بود لای در اطاق، خودم دیدم؛ به چشم خودم دیدم که جای دندان‌های چرک، زرد و کرم‌خوردهٔ پیرمرد که از لایش آیات عربی بیرون می‌آمد؛ روی لپ زنم بود. اصلاً چرا این مرد از وقتی که من زن گرفته‌ام؛ جلو خانهٔ ما پیدایش شد؟ آیا خاکسترنشین بود؟ خاکسترنشین این لکاته شده بود؟ یادم هست همان روز رفتم سر بساط پیرمرد، قیمت کوزه‌اش را پرسیدم. از میان شال‌گردن دو دندان کرم‌خورده، از لای لب شکری‌اش بیرون آمد. خندید؛ یک خندهٔ زنندهٔ خشک کرد که مو به تن آدم راست می‌شد و گفت: «آیا ندیده می‌خری؟ این کوزه قابلی نداره هان، جوون ببر خیرشو ببینی!» من دست کردم جیبم دو درهم و چهار پشیز گذاشتم گوشهٔ سفره‌اش. باز هم خندید. یک خندهٔ زننده کرد. به‌طوری که مو به تن آدم راست می‌شد. من از زور خجالت می‌خواستم به زمین فروبروم. با دست‌ها جلوی صورتم را گرفتم و برگشتم.

از همهٔ بساط جلو او بوی زنگ‌زدهٔ چیزهای چرک وازده که زندگی آن‌ها را
جواب داده بود؛ استشمام می‌شد. شاید می‌خواست چیزهای وازدهٔ زندگی
را به رخ مردم بکشد؛ به مردم نشان بدهد. آیا خودش پیر و وازده نبود؟
اشیای بساطش همه مُرده، کثیف و از کار افتاده بود؛ ولی چه زندگی سمج
و چه شکل‌های پرمعنی داشت! این اشیای مرده به قدری تأثیر خودشان را
در من گذاشتند که آدم‌های زنده نمی‌توانستند در من، آن‌قدر تأثیر بکنند.

ولی ننجون برایم خبرش را آورده بود؛ بهم گفته بود... با یک گدای کثیف!
دایه‌ام گفت؛ رختخواب زنم شپش گذاشته بوده و خودش هم به حمام
رفته. آیا سایه او به دیوار عرق کردهٔ حمام چه جور بوده است؟ لابد یک سایه
شهوتی که به خودش امیدوار بوده؛ ولی روی هم رفته، این‌دفعه از سلیقهٔ
زنم بدم نیامد؛ چون پیرمرد خنزرپنزری یک آدم معمولی لوس و بی‌مزه، مثل
این مردهای تُخمی که زن‌های حَشَری و احمق را جلب می‌کنند؛ نبود. این
دردها، این قشرهای بدبختی که به سر و روی پیرمرد پینه بسته بود و نکبتی
که از اطراف او می‌بارید؛ شاید هم خودش نمی‌دانست؛ ولی او را مانند یک
نیمچه خدا نمایش می‌داد و با آن سفرهٔ کثیفی که جلو او بود؛ نماینده و
مظهر آفرینش بود.

آری، جای دو تا دندان زرد کرم خورده که از لایش آیه‌های عربی بیرون می‌آمد؛
جای دندان‌های روی صورت زنم دیده بودم. همین زن که مرا به خودش راه
نمی‌داد، که مرا تحقیر می‌کرد؛ ولی با وجود همهٔ این‌ها او را دوست داشتم.
با وجود اینکه تاکنون نگذاشته بود؛ یک بار روی لبش را ببوسم!

آفتاب زردی بود. صدای سوزناک نقاره بلند شد. صدای عجز و لابه‌ای که همهٔ خرافات موروثی و ترس از تاریکی را بیدار می‌کرد. حال بحران، حالی که قبلاً به دلم اثر کرده بود و منتظرش بودم؛ آمد. حرارت سوزانی سر تا پایم را گرفته بود. داشتم خفه می‌شدم. رفتم در رختخواب افتادم و چشم‌هایم را بستم. از شدّت تب مثل این بود که همهٔ چیزها بزرگ شده و حاشیه پیدا کرده بود. سقف، عوض اینکه پایین بیاید؛ بالا رفته بود. لباس‌هایم تن را فشار می‌داد. بی‌جهت بلند شدم؛ در رختخوابم نشستم. با خودم زمزمه می‌کردم: «بیش از این ممکن نیست... تحمل‌ناپذیر است...» ناگهان ساکت شدم.

بعد با خودم شمرده و بلند با لحن تمسخرآمیز می‌گفتم: «بیش از این...» بعد اضافه می‌کردم. «من احمقم!» من به معنی لغاتی که ادا می‌کردم؛ متوجه نبودم. فقط از ارتعاش صدای خودم در هوا تفریح می‌کردم. شاید برای رفع تنهایی با سایهٔ خودم حرف می‌زدم. در این وقت یک چیز باورنکردنی دیدم. در باز شد و آن لکاته آمد. معلوم می‌شود گاهی به فکر من می‌افتاد. باز هم جای شکرش باقی است. او هم می‌دانست که من زنده هستم و زجر می‌کشم و آهسته خواهم مرد. جای شکرش باقی بود. فقط می‌خواستم بدانم آیا می‌دانست که برای خاطر او بود که من می‌مردم؟ اگر می‌دانست؛ آن وقت آسوده و خوشبخت می‌مردم. آن وقت من خوشبخت‌ترین مردمان روی زمین بودم. این لکاته که وارد اطاقم شد؛ افکار بدم فرار کرد. نمی‌دانم چه اشعه‌ای از وجودش، از حرکاتش تراوش می‌کرد که به من تسکین داد.

این دفعه حالش بهتر بود. فربه و جاافتاده شده بود. اَرخلق[۱] سنبوسهٔ[۲] طوسی پوشیده بود؛ زیر ابرویش را برداشته بود؛ خال گذاشته بود؛ وسمه[۳] کشیده بود؛ سرخاب و سفیدآب و سورمه استعمال کرده بود. مختصر با هفت قلم آرایش، وارد اطاق من شد. مثل این بود که از زندگی خودش راضی است و بی‌اختیار، انگشت سبّابهٔ دست چپش را به دهنش گذاشت. آیا این همان زن لطیف، همان دختر ظریف اثیری بود که لباس سیاه چین‌خورده می‌پوشید و کنار نهر سورِن با هم سرماَمک بازی می‌کردیم؟ همان دختری که حالت آزاد بچّگانه و موقّت داشت و مچ پای شهوت‌انگیزش از زیر دامن لباسش پیدا بود؟ تا حالا که به او نگاه می‌کردم؛ درست ملتفت نمی‌شدم. در این وقت، مثل اینکه پرده‌ای از جلو چشمم افتاد. نمی‌دانم چرا یاد گوسفندهای دم دکان قصابی افتادم. او برایم حکم یک تکّه گوشت لخم را پیدا کرده بود و خاصیت دل‌ربایی سابق را به کلی از دست داده بود. یک زن جاافتادهٔ سنگین و رنگین شده بود که به فکر زندگی بود. یک زن تمام‌عیار! زن من! با ترس و وحشت دیدم که زنم بزرگ و عقل‌رس شده بود؛ در صورتی که خودم به حال بچگی مانده بودم. راستش از صورت او، از چشم‌هایش خجالت می‌کشیدم. زنی که به همه‌کس تن درمی‌داد؛ اِلّا به من و من، فقط خودم را به یادبود موهوم بچگی او تسلیت می‌دادم. آن وقتی

---

۱. نوعی نیم‌تنهٔ ضخیم.

۲. لچک زنانه.

۳. برگ نیل که زنان به ابروهای خود می‌کشند.

که یک صورت سادهٔ بچّگانه، یک حالت محو گذرنده داشت و هنوز جای دندان پیرمرد سرِ گذر، روی صورتش دیده نمی‌شد. نه، این همان‌کس نبود.

او به طعنه پرسید که: «حالت چطوره؟» من جوابش دادم: «آیا تو آزاد نیستی؟ آیا هرچی دلت می خواد نمی‌کنی؟ به سلامتی من چه کار داری؟»

او در را به هم زد و رفت. اصلا برنگشت به من نگاه بکند. گویا من طرز حرف زدن با آدم‌های دنیا، با آدم‌های زنده را فراموش کرده بودم.

او، همان زنی که گمان می‌کردم عاری از هرگونه احساسات است، از این حرکت من رنجید! چندین‌بار خواستم بلند شوم؛ بروم روی دست و پا بیفتم؛ گریه بکنم؛ پوزش بخواهم. آری، گریه بکنم؛ چون گمان می‌کردم اگر می‌توانستم گریه بکنم؛ راحت می‌شدم. چند دقیقه، چند ساعت یا چند قرن گذشت؛ نمی‌دانم! مثل دیوانه‌ها شده بودم و از درد خودم کیف می‌کردم. یک کیف ورای بشری. کیفی که فقط من می‌توانستم بکنم و خداها هم اگر وجود داشتند؛ نمی‌توانستند تا این اندازه کیف بکنند... در آن وقت به برتری خودم پی بردم. برتری خودم را به رجّاله‌ها، به طبیعت، به خداها حس کردم؛ خداهایی که زاییدهٔ شهوت بشر هستند. یک خدا شده بودم. از خدا هم بزرگ‌تر بودم؛ چون یک جریان جاودانی و لایتناهی در خودم حس می‌کردم...

ولی او دوباره برگشت. آن‌قدرها هم که تصور می‌کردم؛ سنگدل نبود. بلند شدم. دامنش را بوسیدم و در حالت گریه و سرفه به پایش افتادم. صورتم

را به ساق پای او می‌مالیدم و چند بار به اسم اصلی‌اش او را صدا زدم. مثل این بود که اسم اصلی‌اش صدا و زنگ مخصوصی داشت؛ اما توی قلبم، در ته قلبم می‌گفتم: «لکاته... لکاته!» ماهیچه‌های پایش را که طعم کونهٔ خیار می‌داد؛ تلخ و ملایم و گس بود؛ بغل زدم. آن‌قدر گریه کردم؛ گریه کردم؛ نمی‌دانم چقدر وقت گذشت. همین که به خودم آمدم؛ دیدم او رفته است. شاید یک لحظه نکشید که همهٔ کیف‌ها و نوازش‌ها و دردهای بشر را در خودم حس کردم و به همان حالت، مثل وقتی که پای بساط تریاک می‌نشستم؛ مثل پیرمرد خنزرپنزری که جلو بساط خودش می‌نشیند؛ جلو پیه‌سوزی که دود می‌زد؛ مانده بودم. از سر جایم تکان نمی‌خوردم. همین‌طور به دودهٔ پیه‌سوز خیره نگاه می‌کردم. دوده‌ها مثل برف سیاه، روی دست و صورتم می‌نشست. وقتی که دایه‌ام یک کاسه آش جو و ترپلو جوجه برایم آورد؛ از زور ترس و وحشت فریاد زد. عقب رفت و سینی شام از دستش افتاد. من خوشم آمد که اقلاً باعث ترس او شدم. بعد بلند شدم؛ سر فتیله را با گلگیر زدم و رفتم جلو آیینه. دوده‌ها را به صورت خودم می‌مالیدم. چه قیافهٔ ترسناکی! با انگشت، پای چشمم را می‌کشیدم؛ ول می‌کردم. دهنم را می‌درانیدم. توی لُپ خودم باد می‌کردم. زیر ریش خود را بالا می‌گرفتم و از دو طرف تاب می‌دادم. ادا درمی‌آوردم. صورت من استعداد برای چه قیافه‌های مضحک و ترسناکی را داشت. گویا همهٔ شکل‌ها، همهٔ ریخت‌های مضحک و ترسناکی را داشت. گویا همهٔ شکل‌ها، همهٔ ریخت‌های مضحک، ترسناک و باورنکردنی که در نهاد من پنهان بود؛ به این وسیله همهٔ آن‌ها را آشکار می‌دیدم. این حالات را در خودم می‌شناختم

و حس می‌کردم و در عین حال به نظرم مضحک می‌آمدند. همهٔ این قیافه‌ها در من و مالِ من بودند. صورتک‌های ترسناک و جنایتکار و خنده‌آور که به یک اشارهٔ سرانگشت عوض می‌شدند. شکل پیرمرد قاری، شکل قصّاب، شکل زنم، همهٔ این‌ها را در خودم دیدم. گویی انعکاس آن‌ها در من بوده. همهٔ این قیافه‌ها در من بود؛ ولی هیچ‌کدام از آن‌ها، مال من نبود. آیا خمیره و حالت صورت من در اثر یک تحرّک مجهول، در اثر وسواس‌ها، جماع‌ها و ناامیدی‌های موروثی درست نشده بود؟ و من که نگاهبان این بار موروثی بودم؛ به وسیلهٔ یک حس جنون‌آمیز و خنده‌آور، بلا اراده. فکرم متوجه نبود که این حالات را در قیافه‌ام نگه دارد؟ شاید فقط در موقع مرگ، قیافه‌ام از قید این وسواس آزاد می‌شد و حالت طبیعی که باید داشته باشد، به خودش می‌گرفت.

ولی آیا در حالت آخری هم حالاتی که دائماً ارادهٔ تمسخرآمیز من روی صورتم حک کرده بود؛ علامت خودش را سخت‌تر و عمیق‌تر باقی نمی‌گذاشت؟ به‌هرحال فهمیدم که چه کارهایی از دست من ساخته بود. به قابلیت‌های خودم پی‌بردم. یک‌مرتبه زدم زیر خنده. چه خندهٔ خراشیدهٔ زننده و ترسناکی بود؛ به‌طوری که موهای تنم راست شد؛ چون صدای خودم را نمی‌شناختم. مثل یک صدای خارجی، یک خنده‌ای که اغلب بیخ گلویم پیچیده بود؛ بیخ گوشم شنیده بودم؛ در گوشم صدا کرد. همین وقت به سرفه افتادم و یک تکّه خلط خونین . یک تکه از جگرم. روی آینه افتاد. با سرانگشتم آن را روی آینه کشیدم. همین که برگشتم؛ دیدم ننجون با رنگ

پریدهٔ مهتابی، موهای ژولیده و چشم‌های بی‌فروغ وحشت‌زده، یک کاسه آش جو از همان آشی که برایم آورده بود؛ روی دستش بود و به من مات نگاه می‌کرد. من دست‌ها را جلو صورتم گرفتم و رفتم پشت پردهٔ پستو خود را پنهان کردم.

وقتی خواستم بخوابم؛ دور سرم را یک حلقهٔ آتشین فشار می‌داد. بوی تند شهوت‌انگیز روغن صندل که در پیه‌سوز ریخته بودم؛ در دماغم پیچیده بود. بوی ماهیچه‌های پای زنم را می‌داد و طعم کونهٔ خیار با تلخی ملایمی در دهنم بود. دستم را روی تنم می‌مالیدم و در فکرم، اعضای بدنم را، ران، ساق پا، بازو و همهٔ آن‌ها را با اعضای تن زنم مقایسه می‌کردم. خط ران و سرین، گرمای تن زنم، این‌ها دوباره جلوم مجسم شد. از تجسم خیلی قوی‌تر بود؛ چون صورت یک احتیاج را داشت. حس کردم که می‌خواستم تن او نزدیک من باشد. یک حرکت، یک تصمیم، برای دفع این وسوسهٔ شهوت‌انگیز کافی بود. ولی این حلقهٔ آتشین دور سرم به قدری تنگ و سوزان شد که به کلّی در یک دریای مبهم و مخلوط با هیکل‌های ترسناک غوطه‌ور شدم.

هوا هنوز تاریک بود. از صدای یک دسته گزمهٔ مست، بیدار شدم که از توی کوچه می‌گذشتند. فحش‌های هرزه به هم می‌دادند و دسته‌جمعی می‌خواندند:

«بیا بریم تا مِی خوریم،

شراب ملک رِی خوریم،

حالا نخوریم کِی خوریم؟»

یادم افتاد. نه، یک‌مرتبه به من الهام شد که یک بغلی شراب در پستوی اطاقم دارم. شرابی که زهر دردناک ناگ در آن حل شده بود و با یک جرعهٔ آن همهٔ کابوس‌های زندگی نیست و نابود می‌شد... ولی آن لکاته...؟ این کلمه، مرا بیشتر به او حریص می‌کرد. بیش‌تر او را سرزنده و پرحرارت به من جلوه می‌داد.

آیا چه بهتر از این می‌توانستم تصور بکنم؛ یک پیاله از آن شراب به او می‌دادم و یک پیاله هم خودم سر می‌کشیدم. آن وقت در میان یک تشنّج با هم می‌مردیم! عشق چیست؟ برای همهٔ رجّاله‌ها یک هرزگی، یک ولنگاری موقّتی است. عشق رجّاله‌ها را باید در تصنیف‌های هرزه و در فحشا و اصطلاحات رکیک که در عالم مستی و هشیاری تکرار می‌کنند؛ پیدا کرد؛ مثل دستِ خَر تو لجن زدن و خاک تو سری کردن. ولی عشق نسبت به او برای من، چیز دیگری بود. راست است که من او را از قدیم می‌شناختم، چشم‌های مورّب عجیب، دهن تنگ نیمه‌باز، صدای خفه و آرام، همهٔ این‌ها، برای من پر از یادگاری‌های دورو دردناک بود و من در همه این‌ها آنچه را که از آن محروم مانده بودم که یک چیز مربوط به خودم بود و از من گرفته بودند، جستجو می‌کردم.

آیا برای همیشه مرا محروم کرده بودند؟ برای همین بود که حس ترسناک‌تری در من پیدا شده بود. لذت دیگری که برای جبران عشق ناامید خود احساس می‌کردم؛ برایم یک نوع وسواس شده بود. نمی‌دانم چرا یاد مرد قصّاب روبه‌روی دریچهٔ اطاقم افتاده بودم که آستینش را بالا می‌زد؛ بسم‌الله می‌گفت و گوشت‌ها را می‌برید. حالت و وضع او همیشه جلو چشمم بود. بالاخره من هم تصمیم گرفتم؛ یک تصمیم ترسناک. از توی رختخوابم بلند شدم. آستینم را بالا زدم و گزلیک دسته‌استخوانی را که زیر متکایم گذاشته بودم؛ برداشتم. قوز کردم و یک عبای زرد هم روی دوشم انداختم. بعد سر و رویم را با شال‌گردن پیچیدم؛ حس کردم که درعین‌حال یک حالت مخلوط از روحیهٔ قصّاب و پیرمرد خنزرپنزری در من پیدا شده بود.

بعد پاورچین‌پاورچین به طرف اطاق زنم رفتم. اطاقش تاریک بود. در را آهسته باز کردم. مثل این بود که خواب می‌دید. بلند بلند با خودش می‌گفت: «شال‌گردنتو وا کن!» رفتم دم رختخواب. سرم را جلو نفس گرم و ملایم او گرفتم. چه حرارت گوارا و زنده‌ای داشت! به نظرم آمد؛ اگر این حرارت را مدّتی تنفّس می‌کردم؛ دوباره زنده می‌شدم. اوه، چقدر وقت بود که من گمان می‌کردم؛ نفس همه باید مثل خودم داغ و سوزان باشد. دقت کردم ببینم آیا در اطاق او مرد دیگری هم هست؛ یعنی از فاسق‌های او کسی آنجا بود یا نه. ولی او تنها بود. فهمیدم هرچه به او نسبت می‌دادند؛ افترا و بهتان محض بوده. از کجا هنوز دختر باکره نبود؟ از تمام خیالات موهوم نسبت به او شرمنده شدم. از خودم شرمنده شدم. این احساس دقیقه‌ای

بیش طول نکشید؛ چون در همین وقت از بیرون در صدای عطسه آمد و یک خندهٔ خفهٔ مسخره‌آمیز که مو را به تن آدم راست می‌کرد؛ شنیدم. این صدا تمام رگ‌های تنم را کشید. اگر این عطسه و خنده را نشنیده بودم؛ اگر صبر نیامده بود؛ همان‌طوری که تصمیم گرفته بودم؛ همهٔ گوشت تن او را تکّه‌تکّه می‌کردم؛ می‌دادم به قصّاب جلو خانه‌مان تا به مردم بفروشد. خودم یک تکّه از گوشت رانش را به عنوان نذری می‌دادم به پیرمرد قاری و فردایش می‌رفتم به او می‌گفتم: «می‌دونی آن گوشتی که دیروز خوردی، مال کی بود؟»

اگر او نمی‌خندید؛ این کار را می‌بایستی شب انجام می‌دادم که چشمم در چشم لکاته نمی‌افتاد؛ چون از حالت چشم‌های او خجالت می‌کشیدم؛ به من سرزنش می‌داد. بالاخره از کنار رختخوابش یک تکّه پارچه که جلو پایم را گرفته بود؛ برداشتم و هراسان بیرون دویدم. گزلیک را روی بام سوت کردم؛ چون همهٔ این افکار جنایت‌آمیز را این گزلیک برای تولید کرده بود. این گزلیک را که شبیه گزلیک مرد قصّاب بود؛ از خودم دور کردم.

در اطاقم که برگشتم؛ جلو پیه‌سوز دیدم که پیرهن او را برداشته‌ام. پیرهن چرکی که روی گوشت تن او بود. پیرهن ابریشمی نرم کار هند که بوی تن او، بوی عطر موگرا می‌داد و از حرارت تنش، از هستی او درین پیرهن مانده بود. آن را بوییدم. میان پاهایم گذاشتم و خوابیدم. هیچ شبی به این راحتی نخوابیده بودم. صبح زود از صدای داد و بیداد زنم بیدار شدم که سر گم شدن پیرهن دعوا می‌کرد و تکرار می‌کرد: «یک پیرهن نو و نالون!» در صورتی

که سرآستینش پاره بود؛ ولی اگر خون راه می‌افتاد؛ من حاضر نبودم که پیرهن را رد کنم. آیا من حق یک پیرهن کهنهٔ زنم را نداشتم؟

ننجون که شیر ماچه‌الاغ و عسل و نان تافتون برایم آورد؛ یک گزلیک دسته‌استخوانی هم پای چاشت من در سینی گذاشته بود و گفت آن را در بساط پیرمرد خنزرپنزری دیده و خریده است. بعد ابرویش را بالا کشید و گفت: «گاس برا دم دست به درد بخوره!» من گزلیک را برداشتم. نگاه کردم. همان گزلیک خودم بود. بعد ننجون به حال شاکی و رنجیده گفت: «آره دخترم. یعنی آن لکاته. صبح سحری می‌گه، پیرهن منو دیشب تو دزدیدی! من که نمی‌خوام مشغول‌ذمه شما باشم؛ اما دیروز زنت لک دیده بود... ما می‌دونسیم که بچه... خودش می‌گفت تو حموم آبستن شده. شب رفتم کمرشو مشت و مال بدم؛ دیدم رو بازوش گُل‌گُل کبود بود. به من نشان داد. گفت: "بی‌وقتی رفتم تو زیرزمین، از ما بهترون وشگونم گرفتن!"» دوباره گفت: «هیچ می‌دونسی خیلی‌وقته زنت آبستن بود؟» من خندیدم گفتم: «لابد شکل بچه، شکل پیرمرد قاریه. لابد به روی اون جنبیده!» بعد ننجون به حالت متغیّر از در خارج شد. مثل اینکه منتظر این جواب نبود. من فوراً بلند شدم. گزلیک دسته‌استخوانی را با دست لرزان بردم؛ در پستوی اطاقم توی مجری گذاشتم و در آن را بستم.

نه، هرگز ممکن نبود؛ که بچه به روی من جنبیده باشد. حتماً به روی پیرمرد خنزرپنزری جنبیده بود!

بعدازظهر، در اطاقم باز شد و برادر کوچکش، برادر کوچک همین لکاته، درحالی‌که ناخنش را می‌جوید؛ وارد شد. هرکس که آن‌ها را می‌دید؛ فوراً می‌فهمید که خواهر برادرند. آن‌قدر هم شباهت! دهن کوچک تنگ، لب‌های گوشتالوی تر و شهوتی، پلک‌های خمیده خمار، چشم‌های مورّب و متعجب، گونه‌های برجسته، موهای خرمایی بی‌ترتیب و صورت گندم‌گون داشت. درست شبیه آن لکاته بود و یک تکّه از روح شیطانی او را داشت. از این صورت‌های ترکمنی بدون احساسات، بی‌روح که به فراخور زدوخورد با زندگی درست شده. قیافه‌ای که هر کاری را برای ادامهٔ به زندگی جایز می‌دانست. مثل اینکه طبیعت قبلاً پیش‌بینی کرده بود. مثل اینکه اجداد آن‌ها زیاد زیر آفتاب و باران زندگی کرده بودند و با طبیعت جنگیده بودند و نه‌تنها شکل و شمایل خودشان را با تغییراتی به آن‌ها داده بودند؛ بلکه از استقامت، از شهوت و حرص و گرسنگی خودشان به آن‌ها بخشیده بودند. طعم دهنش را می‌دانستم؛ مثل طعم کونهٔ خیار، تلخ ملایم بود.

وارد اطاق که شد با چشم‌های متعجب ترکمنیش به من نگاه کرد و گفت: «شاجون می‌گه حکیم‌باشی گفته تو می‌میری؛ از شرّت خلاص می‌شیم. مگه آدم چطور می‌میره؟»

من گفتم: «بهش بگو خیلی‌وقته که من مرده‌ام.»

شاجون گفت: «اگه بچّه‌ام نیفتاده بود؛ همهٔ خونه مال ما می‌شد.»

من بی‌اختیار زدم زیر خنده. یک خندهٔ خشک زننده بود که مو را به تن آدم راست می‌کرد؛ به‌طوری که صدای خودم را نمی‌شناختم. بچه هراسان از اطاق بیرون دوید.

در این وقت می‌فهمیدم که چرا مرد قصّاب از روی کِیف، گزلیک دسته‌استخوانی را روی ران گوسفندها پاک می‌کرد. کیف بریدن گوشت لُخم که از توی آن، خون مرده، خون لخته شده، مثل لجن جمع شده بود و از خرخرهٔ گوسفندها قطره‌قطره خونابه به زمین می‌چکید. سگ زرد جلو قصابی و کلّهٔ بریدهٔ گاو که روی زمین دکان افتاده بود؛ با چشم‌های تارش رک نگاه می‌کرد و همچنین سر همهٔ گوسفندها، با چشم‌هایی که غبار مرگ رویش نشسته بود. آن‌ها هم دیده بودند؛ آن‌ها هم می‌دانستند!

حالا می‌فهمم که نیمچه خدا شده بودم. ماورای همهٔ احتیاجات پست و کوچک مردم بودم. جریان ابدیت و جاودانی را در خودم حس می‌کردم. آیا ابدیت چیست؟ برای من، ابدیت عبارت از این بود که کنار نهر سورِن با آن لَکاته سرمامَک بازی بکنم و فقط یک لحظه چشم‌هایم را ببندم و سرم را در دامن او پنهان بکنم.

یک بار به نظرم رسید که با خودم حرف می‌زدم؛ آن هم به‌طور غریبی. خواستم با خودم حرف بزنم؛ ولی لب‌هایم به قدری سنگین شده بود که حاضر برای کمترین حرکت نبود؛ اما بی‌آنکه لب‌هایم تکان بخورد یا صدای خودم را بشنوم؛ حس کردم که با خودم حرف می‌زدم.

در این اطاق که مثل قبر هر لحظه تنگ‌تر و تاریک‌تر می‌شد؛ شب با سایه‌های وحشتناکش مرا احاطه کرده بود. جلو پیه‌سوزی که دود می‌زد؛ با پوستین و عبایی که به خودم پیچیده بودم و شال‌گردنی که بسته بودم؛ به حالت کُپ‌زده، سایه‌ام به دیوار افتاده بود.

سایهٔ من خیلی پررنگ‌تر و دقیق‌تر از جسم حقیقی من به دیوار افتاده بود. سایه‌ام حقیقی‌تر از وجودم شده بود. گویا پیرمرد خنزرپنزری، مرد قصّاب، ننجون و زن لکاته‌ام، همه، سایه‌های من بوده‌اند؛ سایه‌هایی که من میان آن‌ها محبوس بودم. در این وقت شبیه یک جغد شده بوده‌ام؛ ولی ناله‌های من در گلویم گیر کرده بود و به شکل لکّه‌های خون آن‌ها را تُف می‌کردم. شاید جغد هم مرضی دارد که مثل من فکر می‌کند. سایه‌ام به دیوار درست شبیه جغد شده بود و به حالت خمیده نوشته‌های مرا به دقت می‌خواند. حتماً او خوب می‌فهمید. فقط او می‌توانست بفهمد. از گوشهٔ چشمم که به سایهٔ خودم نگاه می‌کردم؛ می‌ترسیدم.

یک شب تاریک و ساکت، مثل شبی که سرتاسر زندگی مرا فراگرفته بود؛ با هیکل‌های ترسناکی که از در و دیوار، از پشت پرده به من دهن‌کجی می‌کردند. گاهی اطاقم به قدری تنگ می‌شد؛ مثل اینکه در تابوت خوابیده بودم. شقیقه‌هایم می‌سوخت. اعضایم برای کمترین حرکت حاضر نبودند. یک وزن روی سینهٔ مرا فشار می‌داد؛ مثل وزن لش‌هایی که روی گُردهٔ یابوی سیاه لاغر می‌اندازند و به قصّاب‌ها تحویل می‌دهند.

مرگ، آهسته، آواز خودش را زمزمه می‌کرد؛ مثل یک نفر لال که هر کلمه را مجبور است تکرار بکند و همین که یک فرد شعر را به آخر می‌رساند؛ دوباره از نو شروع می‌کند. آوازش مثل ارتعاش نالهٔ ارّه در گوشت تن رخنه می‌کرد؛ فریاد می‌کشید و ناگهان خفه می‌شد.

هنوز چشم‌هایم به هم نرفته بود که یک دسته گزمهٔ مست از پشت اطاقم رد می‌شدند. فحش‌های هرزه به هم می‌دادند و دسته‌جمعی می‌خواندند:

«بیا بریم تا مِی خوریم،

شراب ملک رِی خوریم؛

حالا نخوریم کِی خوریم؟»

با خودم گفتم: «در صورتی که آخرش به دست داروغه خواهم افتاد!» ناگهان یک قوّهٔ مافوق بشر در خودم حس کردم. پیشانی‌ام خنک شد. بلند شدم. عبای زردی که داشتم؛ روی دوشم انداختم. شال‌گردنم را دو سه بار دور سرم پیچیدم. قوز کردم. رفتم گزلیک دسته‌استخوانی را که در مِجری قایم کرده بودم؛ درآوردم و پاورچین‌پاورچین به طرف اطاق لکاته رفتم. دم در که رسیدم؛ دیدم اطاق او در تاریکی غلیظی غرق شد بود. به دقت گوش دادم. صدایش را شنیدم که می‌گفت:

«اومدی؟ شال‌گردنتو واکن!» صدایش یک زنگ گوارا داشت؛ مثل صدای بچگی‌اش شده بود؛ مثل زمزمه‌ای که بدون مسئولیت در خواب می‌کنند.

من این صدا را سابق در خواب عمیقی شنیده بودم. آیا خواب می‌دید؟ صدای او خفه و کلفت، مثل صدای دختربچه‌ای شده بود که کنار نهر سورِن با من سرمامَک بازی می‌کرد. من کمی ایست کردم. دوباره شنیدم که گفت: «بیا تو. شال‌گردنتو واکن!»

من آهسته در تاریکی وارد اطاق شدم. عبا و شال‌گردنم را برداشتم. لخت شدم؛ ولی نمی‌دانم چرا، همین‌طور که گزلیک دسته‌استخوانی در دستم بود؛ در رختخواب او رفتم. حرارت رختخوابش مثل این بود که جان تازه‌ای به کالبد من دمید بعد تن گوارا، نمناک و خوش‌حرارت او را به یاد همان دخترک رنگ‌پریدهٔ لاغری که چشم‌های درشت و بی‌گناه ترکمنی داشت و کنار نهر سورن با هم سرمامک بازی می‌کردیم؛ در آغوش کشیدم. نه، مثل یک جانور درنده و گرسنه به او حمله کردم و در ته دلم از او اکراه داشتم. به نظرم می‌آمد که حس عشق و کینه با هم توأم بود. تن مهتابی و خنک او، تن زنم ـ مارناگ که دور شکار خودش می‌پیچید ـ از هم باز شد و مرا میان خودش محبوس کرد. عطر سینه‌اش مست‌کننده بود. گوشت بازویش که دورگردنم پیچید؛ گرمای لطیفی داشت. در این لحظه آرزو می‌کردم که زندگی‌ام قطع بشود؛ چون در این دقیقه همهٔ کینه و بغضی که نسبت به او داشتم؛ از بین رفت و سعی می‌کردم که جلو گریهٔ خودم را بگیرم. بی‌آنکه ملتفت باشم؛ مثل مِهرگیاه، پاهایش پشت پاهایم قفل شد و دست‌هایش پشت گردنم چسبید. من حرارت گوارای این گوشت تر و تازه را حس می‌کردم. تمام ذرّات تن سوزانم این حرارت را می‌نوشیدند. حس می‌کردم

که مرا مثل طعمه در درون خودش می‌کشید. احساس ترس و کیف به هم آمیخته شده بود. دهنش طعم کونهٔ خیار می‌داد و گس‌مزه بود. در میان این فشار گوارا عرق می‌ریختم و از خودبی‌خود شده بودم.

چون تنم، تمام ذرّات وجودم بودند که به من فرمانروایی می‌کردند؛ فتح و فیروزی خود را به آواز بلند می‌خواندند. منِ محکومِ بیچاره در این دریای بی‌پایان، در مقابل هوا و هوس امواج، سر تسلیم فرود آورده بودم. موهای او که بوی عطر موگرا می‌داد؛ به صورتم چسبیده بود و فریاد اضطراب و شادی از ته وجودمان بیرون می‌آمد. ناگهان حس کردم که او لب مرا به سختی گزید؛ به‌طوری که از میان دریده شد. آیا انگشت خودش را هم همین‌طور می‌جوید یا اینکه فهمید من پیرمرد لب‌شکری نیستم؟ خواستم خودم را نجات بدهم؛ ولی کمترین حرکت برایم غیرممکن بود. هرچه کوشش کردم؛ بیهوده بود. گوشت تن ما را به هم لحیم کرده بودند.

گمان کردم دیوانه شده است. در میان کشمکش، دستم را بی‌اختیار تکان دادم و حس کردم گزلیکی که در دستم بود؛ به یک جای تن او فرورفت. مایع گرمی روی صورتم ریخت. او فریاد کشید و مرا رها کرد. مایع گرمی که در مشت من پر شده بود؛ همین‌طور نگه داشتم و گزلیک را دور انداختم. دستم آزاد شد،. به تن او مالیدم. کاملاً سرد شده بود. او مرده بود. در این بین به سرفه افتادم؛ ولی این سرفه نبود. صدای خندهٔ خشک و زننده‌ای بود که مو را به تن آدم راست می‌کرد. من، هراسان، عبایم را رو کولم انداختم و به

اطاق خودم رفتم. جلوی نور پیه‌سوز، مشتم را باز کردم. دیدم چشم او میان دستم بود و تمام تنم غرق خون شده بود.

رفتم جلو آینه، ولی از شدت ترس دست‌هایم را جلو صورتم گرفتم. دیدم شبیه، نه، اصلاً پیرمرد خنزرپنزری شده بودم. موهای سر و ریشم مثل موهای سر و صورت کسی بود که زنده از اطاقی بیرون بیاید که یک مار ناگ در آنجا بوده؛ همه سفید شده بود. لبم مثل لب پیرمرد، دریده بود. چشم‌هایم بدون مژه. یک مشت موی سفید از سینه‌ام بیرون زده بود و روح تازه‌ای در من حلول کرده بود. اصلاً طور دیگر فکر می‌کردم. طور دیگر حس می‌کردم و نمی‌توانستم خودم را از دست او، از دست دیوی که در من بیدار شده بود؛ نجات بدهم. همین‌طور که دستم را جلو صورتم گرفته بودم؛ بی‌اختیار زدم زیر خنده! یک خندهٔ سخت‌تر از اول که وجود مرا به لرزه انداخت. خندهٔ عمیقی که معلوم نبود از کدام چالهٔ گمشدهٔ بدنم بیرون می‌آید. خندهٔ تهی که فقط در گلویم می‌پیچید و از میان تهی درمی‌آمد. من پیرمرد خنزرپنزری شده بودم.

از شدت اضطراب، مثل این بود که از خواب عمیق و طولانی بیدار شده باشم. چشم‌هایم را مالاندم. در همان اطاق سابق خودم بودم. تاریک‌روشن بود و ابر و مه روی شیشه‌ها را گرفته بود. بانگ خروس از دور شنیده می‌شد. در منقل روبه‌رویم گل‌های آتش تبدیل به خاکستر سرد شده بود و به یک فوت بند بود. حس کردم که افکارم مثل گل‌های آتش پوک و خاکستر شده بود و به یک فوت بند بود.

اولین چیزی که جستجو کردم؛ گلدان راغه بود که در قبرستان از پیرمرد کالسکه‌چی گرفته بودم؛ ولی گلدان روبه‌روی من نبود. نگاه کردم، دیدم دم در یک نفر با سایهٔ خمیده، نه، این شخص یک پیرمرد قوزی بود که سر و رویش را با شال‌گردن پیچیده بود و چیزی را به شکل کوزه در دستمال چرکی بسته، زیر بغلش گرفته بود. خندهٔ خشک و زننده‌ای می‌کرد که مو به تن آدم راست می‌ایستاد.

همین که خواستم از جایم تکان بخورم؛ از در اطاقم بیرون رفت. من بلند شدم. خواستم دنبالش بدوم و آن کوزه، آن دستمال بسته را از او بگیرم؛ ولی پیرمرد با چالاکی مخصوصی دور شده بود. من برگشتم. پنجرهٔ رو به کوچهٔ اطاقم را باز کردم. هیکل خمیدهٔ پیرمرد را در کوچه دیدم که شانه‌هایش از شدّت خنده می‌لرزید و آن دستمال بسته را زیر بغلش گرفته بود. افتان و خیزان می‌رفت تا اینکه به کلی پشت مه ناپدید شد. من برگشتم به خودم نگاه کردم. دیدم لباسم پاره، سرتا پایم آلوده به خون دلمه شده بود. دو مگس زنبور طلایی دورم پرواز می‌کردند و کرم‌های سفید کوچک روی تنم در هم می‌لولیدند و وزن مُرده‌ای روی سینه‌ام فشار می‌داد.

پایان

چند اثر دیگر از انتشارات

 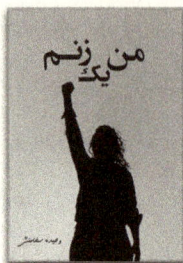  

برای تهیه کتاب ها از آمازون یا وبسایت انتشارات می توانید بارکدهای زیر را اسکن کنید

kphclub.com

Amazon.com